이

순

간

사

랑

그리고 **사랑 해설사로** 산
ㅣ
다

이
순
간   송정림
사
랑

yeon
doo

차례

이 순간 사랑입니다

사랑하는 사람과 공연 보러 가는 것을 좋아합니다. 아들이 어릴 때 같이 봤던 오페라 〈피가로의 결혼〉은 특히 잊지 못할 공연입니다. 야외무대였고, 가을이었는데 그날따라 날씨가 추워 담요를 사서 아들과 함께 덮어쓰고 봤던 오페라. 아들도 다 자라 그날 엄마와 담요를 뒤집어쓴 채 봤던 그 공연을 잊을 수가 없다고 합니다.

공연을 함께 본다는 건 느낌을 나누는 일, 추억을 공유하는 일, 예술을 공감하는 일입니다. 사랑하는 사람과 오페라 공연에 가는 일은 관계에 로맨틱한 역사를 만드는 일입니다. 그 로맨틱한 역사는 아픈 시간에 붙이는 반창고가 됩니다. 불행의 시간을 지울 수 있는 지우개가 됩니다.

사랑하는 사람과 오페라 공연에 같이 가기를 권합니다. 그런데 되도록 그 스토리를 알고 보기를 권합니다.

오페라는 원래 고대 그리스에서 연극을 화려하게 부흥하고

자 만든 것입니다. 어쩌면 이 시대의 드라마 같은 것입니다. 오페라에서 흐르는 음악도 좋고 노래도 좋지만 중요한 건 스토리입니다. 듣고 보는 게 아니라 느끼는 것입니다. 느끼기 위해서는 스토리를 알아두면 좋습니다. 그래야 아리아도 마음을 파고들고 합창곡도 심장을 울립니다.

사랑하는 사람과 마음먹고 어렵사리 찾아간 공연일 텐데 오페라의 스토리를 알고 제대로 느꼈으면 하는 마음입니다. 그래서 한 편, 한 편 공부하는 마음으로 썼습니다. 오페라 스토리를 알아두면 공연을 기다리는 동안 살짝 그 스토리를 귀띔해줄 수 있습니다. 그리고 공연표를 준비하는 동안 그 스토리에 내 마음을 실어 보낼 수도 있습니다.

오페라는 극적입니다. 권선징악, 출생 비밀 등 드라마틱한 스토리를 지닙니다. 오페라는 사랑 이야기로 가득합니다. 귀여운 사랑, 애달픈 사랑, 배반의 사랑, 처절한 사랑, 비극적 사랑 등 다양한 사랑으로 설렘, 질투, 증오, 분노, 행복, 슬픔 따위의 사랑의 감정들이 넘쳐납니다. 오페라는 사랑입니다. 우리 삶이 곧 사랑입니다. 그러니 오페라는 내, 당신의, 그리고 우리의 인생이네요.

○ 1막 | 오페라는 사랑이다

〈나부코〉

목숨은 내어주지만

딸에게서 배신당한 아버지가 있다. 이 스토리는 매혹적이다. 드라마에만 출생의 비밀이 있는 게 아니다. 오페라에도 있다. 아버지의 친딸이 아니었던 것.

매혹적이고 극적이고 드라마틱한 스토리 속에 외경심에 대한 경고도 들어 있다. "인간은 신이 될 수 없다."가 신화의 기본이다. "인간은 행복하게 태어나지 않았다."가 신화의 바탕이다. 그래서 신의 자리를 넘보는 인간에게는 가차 없는 벌이 주어진다.

오페라 〈나부코〉는 출생의 비밀과 함께 신에게 도전한 인간에게 주어지는 벌이 드라마틱하게 전개된다. 뭣보다 이 오페라는 매력적인 남자의 사랑이 설레게 한다. 현실에서 한 여자만 사랑하고 그 사랑을 목숨과도 바꾸지 않는 남자를 만날 수 있을까? 오페라에서는 만날 수 있다.

극적인 스토리도 끌리지만 이 오페라를 만든 주세페 베르디의 인생 역전이 있어 좋다. 전작들이 다 실패했고 아내와 아이들이 죽었고…. 더한 절망이 있었을까. 삶의 바닥에 엎드려 울던 어느 날, 베르디에게 다가온 대본 하나가 있었다. 테미스토클레 솔레라가 쓴 〈나부코〉의 대본이다. 그 대본을 받아든 날, 쓸쓸한 마음으로 집에 들어선 베르디. 무심코 대본을 넘겨보다가 어느 한 구절에 시선이 머물렀다. 그 한 문장이 그의 인생을 바꿔놓았다. "날아가라. 내 마음이여, 금빛 날개를 타고…."

뜨거운 게 그의 가슴에 차올랐다. 베르디는 그 대사가 나오는 곡부터 쓰기 시작했다. 그게 그 유명한 〈노예들의 합창〉이다.

오페라 〈나부코〉는 그렇게 탄생했다. 베르디의 인생도 다시 탄생했다. 인생 2막이 열린 것이다. 절망을 이기고 탄생한, 진흙 속에서 피어난 꽃이라서 오페라 〈나부코〉가 좋다.

나부코는 구약 성서에 나온 바빌로니아 왕 네부카드네자르 2세를 이탈리아어로 칭한 것이다. 기원전 6세기, 바빌론 유수를 배경으로 한 이 오페라는 1842년 밀라노 라 스칼라 극장에서 초연했는데 대성공이었다. 〈나부코〉의 초연 때 여주인공을 맡은 소프라노 주세피나 스트레포니는 훗날 베르디의 두 번째 부인이 됐다.

1901년 베르디 장례식 때에는 아르투로 토스카니니의 지휘로 〈노예들의 합창〉이 연주됐고, 장례식에 모여든 많은 사람이 그 노래를 따라 불렀다고 한다. 〈나부코〉는 그렇게 베르디 인생의 오프닝이자 클로징이었다.

오페라 중 앙코르 연주를 요청하는 경우는 극히 드물지만 아직도 이탈리아 사람들은 〈노예들의 합창〉이 끝난 후 앙코르를 외친다. 이탈리아에서는 〈노예들의 합창〉이 제2의 국가처럼 불린다. 누군가 이탈리아에서 이 오페라를 본 적 있는데 〈노예들의 합창〉 대목에서 사람들이 모두 따라 불러 놀란 적이 있다고 했다.

그 이야기는 예루살렘의 솔로몬 성전에서 시작된다. 히브리인 대제사장은 바빌로니아 왕 나부코가 공격해올 것을 두려워한다. 히브리 왕의 조카인 이스마엘레는 나부코를 막을 수 없다고 알려준다. 나부코의 둘째 딸 페네나 공주는 예루살렘에 인질로 잡혀왔는데 페네나와 이스마엘레는 서로 사랑하는 사이다.

바빌론 군대가 신전으로 들어선다. 그 선봉에 서 있는 여인은 페네나의 언니 아비가일레다. 아비가일레도 이스마엘레를 흠모한다. 자매가 한 남자를 놓고 연적 관계에 놓인 것이다. 아비가일레는 이스마엘레에게 사랑을 애원한다. "당신을 살려줄게요. 단, 조건이 있어요. 나를 사랑해야 해요. 나는 이미 당신에게 바쳤어요. 내 왕국과 마음을 모두!" 이스마엘레는 단호하게 구애를 거절한다. "당신에게 목숨은 내어주죠. 그러나 마음은 줄 수 없어요. 내 운명은 받아들이죠. 그러나 내 사랑을 바꿀 생각은 없습니다."

모멸감과 증오와 질투에 휩싸인 아비가일레는 궁전의 비밀문서를 보고 출생의 비밀을 알게 된다. 자신의 생모는 노예였다. 왕위는 동생 페네나에게 승계될 것이었다. 충격과 분노에 휩싸인 아비가일레는 황금의 왕좌를 피로 물든 붉은 왕좌로 바꾸겠다고, 아버지 대신 왕이 되겠다고 선언한다.

한편 나부코는 히브리인 앞에서 외친다. "지금부터 내가 너희의 왕이다!" 히브리의 제사장이 극렬한 반감을 드러내자 다시 외친다. "이제 나는 왕이 아니라 신이다!"

신의 영역에 도전하는 그 순간 나부코의 머리 위로 벼락이 내려친다. 왕관이 굴러 떨어진다. 겁에 질린 나부코는 악령이 쫓아와 내 왕관을 빼앗으려 한다면서 울부짖는다. 도와달라고 몸부림치는 아버지 곁으로 차갑게 다가가는 아비가일레. 바닥에 떨어진 왕관을 집어 들어 자신의 머리에 쓴다.

실성한 나부코 대신 왕좌에 앉은 아비가일레가 첫 번째로

한 일은 히브리 교도들을 모두 처형하는 것! 시키는 대로 서명을 마친 나부코가 딸 페네나를 찾는다. 아비가일레가 냉정하게 말한다. "소용없어요. 페네나는 이미 히브리 교도가 됐거든요. 당신의 딸은 방금 당신이 서명한 법에 따라 처형될 거예요." 페네나는 사랑하는 이스마엘레를 따라 히브리교로 개종한 것이다. 자신의 손으로 직접 딸을 죽이게 된 나부코는 아비가일레를 향해 단언한다. "넌 노예의 자식에 불과하다!"

아비가일레는 비밀문서를 갈가리 찢어버리면서 이제 내가 왕이라고 선언한다. 사랑하는 딸 페네나가 사형당하는 것을 두고 볼 수 없는 나부코는 아비가일레 앞에 무릎을 꿇고 애원한다. "늙은 아비를 용서해다오."

바빌론으로 끌려와 강제 노역을 하는 히브리인들은 잠시 쉬는 동안 고향의 하늘을 바라보며 그 유명한 〈노예들의 합창〉을 부른다.

내 마음이여, 황금빛 날개를 타고
언덕 위로 날아가라.
따스하고 다정하게 불던 바람과
향기롭던 내 고향 요단강의 푸른 언덕과
시온성이 우리를 반기네.

오, 빼앗긴 위대한 내 조국, 가슴속에
사무치네….

아비가일레에 의해 감금된 나부코. 밖에서는 사랑하는 딸 페네나가 형장으로 끌려간다. 나부코는 피 끓는 심정으로 신을 찾는다. "오, 신이시여. 진심으로 회개합니다!"

나부코의 신하였던 아브달로는 병사들을 데리고 나타나 나부코에게 충성을 맹세한다. 나부코는 왕좌를 되찾기 위해 칼을 빼어든다. 그는 히브리인의 처형장으로 달려가 집행을 중지시킨다. 페네나가 처형을 앞두고 마지막 기도를 올리는 순간이었다. 그 순간 위풍당당하게 버티고 선 황금 우상이 저절로 무너진다. 나부코는 히브리인에게 고향에 돌아가도 좋다고 한다. 아비가일레는 페네나에게 용서를 구하며 죽음을 맞는다.

목숨은 줄 수 있어도 마음만은 줄 수 없다는, 운명은 어쩔 수 없지만 내 사랑은 바꿀 수 없다는 남자. 오직 한 여자만 사랑한 그 남자, 그 남자를 사랑했지만 그의 사랑은 받을 수 없는 여자, 그 남자의 사랑을 받았지만 그 때문에 목숨을 잃을 위기에 처한 여자. 누가 이기고 누가 진 것일까.

사랑은 가지려는 순간 사라진다. 놓지 못하고 붙들려고 할 수록 잔인한 새가 돼 날아간다. 사랑은 그저 내 마음에 간직하는 것이다. 그 사랑이 나를 향한 게 아니라 해도 그 사랑까지도 응원하는 것이다.

몸은 벗어날 길 없는 역경에 묶여 있을지라도 마음만은 저 언덕 너머로, 따스한 바람이 부는 향기로운 그곳으로 날아갈 수 있게 해주는 황금빛 날개인 것이다. 그건 두려움을 가진 자, 겸손한 마음을 지닌 자에게 주어진다. 그리고 진실한 사랑을 품은 자, 그 사랑을 지키는 자에게 주어진다.

〈라 트라비아타〉
길 잃은 여인의 무덤에도

빨갛게 피어났다 꽃잎이 하나 떨어지는 게 아니라 꽃잎 하나 상하지 않은 채 꽃봉오리 그대로 툭, 이승의 생을 내려놓는 꽃. 너무도 아름르다워 그 마지막이 더 비극적인 꽃.

"동백꽃을 보신 적이 있나요. 눈물처럼 후드득 지는 그 꽃 말이에요." 서정주 시인의 시구처럼 눈물처럼 후드득 지는 그 꽃.

"그리움에 지쳐서 울다 지쳐서 꽃잎은 빨갛게 멍이 들었소." 어머니가 즐겨 부르시던 노랫말처럼 가슴에 빨간 멍이 드는 그 꽃.

그 꽃을 닮은 여인이 나오는 오페라가 있다. 알렉상드르 뒤마 피스의 소설 『동백꽃 여인』을 원작으로 하고 베르디가 작곡한 〈라 트라비아타〉. 이 오페라는 주인공 비올레타가 동백꽃을 머리에 꽂고 등장한다. 그리고 동백꽃처럼 가슴을 붉게 물들이는 사랑을 하다가 그 사랑 하나 가슴에 등처럼 매단 채 동백꽃처럼 강렬하게 진다.

우리나라에서 최초로 공연된 오페라 〈라 트라비아타〉의 제
목은 바른 길에서 벗어난 여자를 뜻한다. 좋지 않은 길로 빠
졌다는 게 직업여성으로 살아온 비올레타의 삶 전체를 뜻
하는 것일까. 사랑하는 남자를 위해 악역을 떠맡았던 순간
을 뜻하는 것일까.

인생의 길을 잃든 사랑의 길을 잃든 비올레타는 길을 잃었
다. 그리고 가슴팍에 사랑 하나 붙들고 물들다가 죽어간다.
비올레타의 무덤에는 묘비명 하나 없다. 그러나 그 쓸쓸한
죽음 앞에 꽃 한 송이 놓이지 않을까. 언제나 머리에 꽂고
다녔던 동백꽃 한 송이가, 사랑을 닮은 동백꽃 한 송이가.

파리 사교계의 꽃으로 살아가는 비올레타의 마음을 노크하
는 청년이 있다. 그에게는 첫사랑인 것일까. 순진무구한 남
자의 고백에 비올레타의 마음이 흔들린다. 망가진 몸이지만
잘못된 길에 접어든 인생을 다시 시작하고 싶어지는 비올레
타. 그리하여 사랑의 기쁨을 노래하는 청년과 사랑 따위는
믿지 않는 거리의 여자가 함께 살게 된다.

"비올레타와 사는 이곳은 낙원과도 같다."며 행복에 젖은
알프레도. 그 낙원을 만들려고 비올레타는 가구며 마차 따

위를 팔아 생활비를 충당한다. 알프레도는 뒤늦게 하녀에게서 그 사실을 전해 듣고는 돈을 구하러 떠난다. 그때 알프레도의 아버지 제르몽이 비올레타를 찾아온다. 알프레도의 행실 때문에 딸이 파혼당할 처지에 놓였다면서 헤어져 달라고 요구한다. 비올레타는 뒤늦게 찾아온 사랑을 붙잡고 싶어 애가 탄다. 그러나 끈질긴 제르몽의 부탁에 마음을 돌릴 수밖에 없다.

상냥한 그의 음성이
사랑을 속삭이고 나를 위로했네.
그대가 내 영혼 모두 빼앗아갔네.
내 가슴 깊은 사랑의 궁전에
그이로 가득 찼네.
오, 그대여.

구슬픈 노래 〈아, 그이였던가〉를 부르며 알프레도를 그리워하는 비올레타. 그러나 아무것도 모르는 알프레도는 한마디 말도 없이 떠난 비올레타를 원망한다. 알프레도는 사라진 비올레타를 찾아 파리로 향하고, 파티에서 만난다. 알프레도와 이별하려면, 그에게서 떠나려면 어쩔 수 없다고 생각한 비올레타는 보란 듯이 다른 남자의 파트너가 돼 그 앞에 나타난다. 증오로 뒤틀린 알프레도는 뒤폴 남작과 도박을 벌여 돈을 따낸다. 그는 그 돈을 비올레타의 얼굴에 던진다. 그동안 진 빚은 이것으로 모두 갚는다며 마치 밀린 화대를 치르듯이. 비올레타의 가슴은 찢어진다. 비올레타는 병이 들어 홀로 병상에 누워 있다. 시든 꽃잎처럼 변한 얼굴을 거울에 비추며 〈지난날이여, 안녕〉을 부른다.

안녕, 지난날의 아름답고 즐거웠던 꿈이여.
장밋빛 얼굴은 창백해지고,
알프레도의 사랑조차 없다.

내 무덤은 눈물도 꽃도 갖지 못하겠지.
내 죽음을 덮을 이름이 새겨진 묘비도 없겠지.

축제의 날이 다가오고 하녀는 알프레도가 돌아왔다고 비올레타에게 알린다. 오해를 푼 알프레도는 비올레타를 품에 안고 눈물을 흘린다. 우리 이제 다시 행복하게 살자는 알프레도. 그러나 죽음이 비올레타의 발치에 와 있다. 알프레도의 품에 안겨 사랑을 고백한 비올레타는 그렇게 죽어간다.

비올레타는 알프레도를 만나기 전에는 사랑 따위 믿지 않는 여자였다. 사막과 같은 파리 사교계에서 쾌락만을 좇으며 살아갔다. 사랑 따위는 꿈꾸지 말고, 뜨겁게 즐기며 살자던 비올레타. 그러나 그 사막 같은 가슴에도 사랑은 피어났다. 죽음을 앞에 둔 순간에 피어난 그 꽃은 쾌락이 아니라

사랑이었나. 알프레도의 품에 안긴 비올레타. 모든 게 날아
간 자리에 오직 사랑만이 남았다.

양초가 타려면 심지가 필요하듯 사람도 살려면 심지가 필
요하다. 때로는 쾌락이, 때로는 증오가 누군가를 불붙게 한
다. 생의 막다른 길목에서 사람을 살게 할 심지는 그저 닳아
없어지는 게 아니다. 오히려 눈이 부시도록 활활 타오르게
한다. 그 심지의 정체는 결국 사랑, 그밖에 다른 건 없다.

"사람은 톱니바퀴 장치"라고 한다. 우리 마음은 톱니바퀴
장치와 같아서 지푸라기 하나가 그 톱니바퀴 장치를 완전히
정지해버릴 수도 있고, 작은 고장 하나가 그 톱니바퀴 장치
를 완전히 멈추게 할 수 있다. 그런데 지푸라기가 방해할 때
사랑으로 그것을 다스리고, 고장 난 곳을 사랑으로 고치기
도 한다. 우리를 별 탈 없이 잘 운행하는 것 역시 사랑. 그밖
에 다른 건 없다.

〈살로메〉
갖지 못할 바에야

"인생에는 두 비극이 있다. 첫째는 우리가 바라는 것을 갖지 못하는 것이다. 둘째는 우리가 바라는 것을 얻는 것이다."

욕망이란 얻어도 비극이고 갖지 못해도 비극이라고 오페라 〈살로메〉의 원작자인 오스카 와일드는 말했다. 욕망의 아이러니를 이 오페라는 그대로 담아냈다.

그런데 바라는 게 물건이 아니라 사람이면 어떨까? 더 복잡하고 더 치열해진다. 물건을 잃으면 마음이 상하지만 사람을 잃으면 영혼이 상하기에.

독일 작곡가 리하르트 게오르그 슈트라우스가 만든 오페라 〈살로메〉에서 가장 유명한 건 살로메가 헤롯의 청에 따라 〈일곱 베일의 춤〉을 추는 장면이다. 핏빛 욕망이 들끓는 충격 자체의 오페라 〈살로메〉를 보고 사람들은 충격을 받았다. 뉴욕 메트로폴리탄 오페라 극장에서는 27년 동안이나 이 오페라 공연을 금지했을 정도다. 불온하고 저속하다는 비난이 있었는데도 작품의 인기는 점점 더 치솟았다.

이복형을 죽이고 왕이 된 헤롯은 형수 헤로디아스를 아내로 맞는다. 그러더니 이제는 의붓딸이 된 살로메를 원한다. 이쯤 되면 대형 스캔들이다. 헤롯은 형제의 피를 묻히며 머리에 왕관을 썼고, 탐해서는 안 될 여인을 탐했다.

패륜적 욕망이 들끓는 헤롯의 궁전에 소녀 살로메가 있다. 어느 날 밤, 지하 감옥에서 새어나오는 힘찬 외침을 듣게 되는 살로메. 헤롯과 헤로디아스의 악행을 비난하는 세례 요한의 목소리에 마음을 빼앗긴다.

드디어 달빛에 드러난 요한의 모습을 보고 첫눈에 반한 살로메는 요한의 몸을 찬양한다. 그러나 요한은 살로메의 사랑을 거부한다. 그러자 살로메는 요한의 몸을 비난한다. 초원의 백합이 구역질 나는 무덤이 된다. 그 다음에는 요한의 머리카락을 치켜세웠다가 금세 깎아내린다. 새까만 포도송이에서 똬리를 튼 뱀으로.

진폭이 큰 롤러코스터를 탄 듯 정신없이 오르락내리락하는 살로메는 가질 수 없다는 것을 눈치챈 순간 짓밟기 시작한다. 마지막으로 살로메는 요한의 입술을 원한다. 살로메는 "당신의 입술에 오래도록 키스하고 싶다."고 노래한다. 그러나 요한은 살로메에게 저주를 퍼붓고 지하 감옥으로 되돌아간다. 끝내 거절당한 구애는 살로메의 가슴에 남아 검붉게 곪아간다.

헤롯이 살로메를 불러서 춤추라고 강요한다. 어떤 소원이라도 들어주겠다는 약속이 떨어지자마자 살로메는 〈일곱 베일의 춤〉을 춘다. 한 겹 한 겹 베일을 벗어던지면서 애를 태우며 몸이 달대로 단 헤롯 앞에 거의 나체가 된 채 쓰러진다. "네가 원하는 건 다 들어주리라. 원하는 게 뭐냐?" 헤롯이 묻자 살로메가 답한다. "요한의 머리!"

요한을 두려워한 헤롯은 그것만은 안 된다고 하지만 살로메는 요한의 머리를 달라고 고집스럽게 외친다. 헤롯은 마지못해 사형 집행을 명한다. 얼마 후 병사가 커다란 은 쟁반에 요한의 머리를 담아 등장한다. 요한의 머리를 반가운 연인처럼 맞이하는 살로메는 피가 뚝뚝 떨어지는 머리를 붙들고 마음껏 희롱하다가 굳게 다물린 입술에 키스한다.

이제는 됐어! 나는 살아 있지만 당신은 죽었어.
그리고 당신 머리는 이제 내 소유야.
이제 내 마음대로 할 수 있어.
개에게 던져줄 수도 있고
새에게 던져줄 수도 있어.

아! 네 입에 키스했어.

아! 키스했어. 네 입에 키스했어.

당신 입술에서는 쓴맛이 나는군.

피 맛이었나? 아니야! 사랑의 맛이겠지.

사랑은 쓴맛이라고 하니까.

그러면 어때? 쓰면 어떠냐고!

당신 입술에 키스했잖아.

당신 입술에 키스했어!

그 광란의 아리아를 지켜본 헤롯이 더는 참지 못하고 소리
를 지른다. "저 계집을 죽여라!"

살로메가 그토록 갈망한 건 요한의 마음이었으나 그것을 얻
지 못한다. 일곱 번 베일을 벗는 춤을 춘 대가로 왕국의 절
반을 주겠다고 했지만 살로메가 원한 건 오직 요한의 머리.
살로메의 마음은 이것이었다. "갖지 못할 바에야 부숴버리
겠다!" 헤롯 역시 그토록 갈망한 살로메의 마음을 얻지 못
한다. 살로메의 욕망, 갖지 못할 사랑을 얻고자 하는 욕망
의 그 끝은 처참한 비극이었다.

욕망은 그림자를 닮았다. 그림자는 내 몸에서 빠져나온 것
인데 온전히 안을 수 없다. 한 걸음 다가가면 그만큼 물러
난다. 욕망 역시 내 마음에서 시작된 것인데 내 뜻대로 되지

않는다. 윤곽은 보여주지만 진짜 얼굴은 드러내지 않는다.

그림자의 미소를 보고 싶어 하는 순간, 그림자의 피부를 만지고 싶어 하는 순간 온몸이 타들어 가는 것 같은 갈증이 시작된다. 차라리 아주 멀리 떨어져 있다면 체념하고 돌아설 수도 있으련만 발밑에 찰싹 달라붙어 있는 그림자는 손을 잘만 뻗으면 닿을 수도 있을 듯하다. 그래서 뻗어본다. 닿을 듯 닿을 듯 아슬아슬한 간절함이 마음을 갉아먹는다. 차츰 그림자에 대한 증오가 자라난다. 찢고 싶다. 짓밟고 싶다.

내 그림자를 파괴하는 최후의 방법은 나를 파괴하는 것이다. 내가 죽으면 내 그림자도 사라질 테니까. 그림자를 겨냥한 칼끝이 궁극적으로 겨누는 건 그림자의 주인인 나 자신이다. 살로메는 요한의 머리를 가졌고 그 입술에 키스도 했지만 결국 죽음에 이른다.

그림자를 내게서 떼어낼 수 없는 것처럼 욕망 역시 내 존재로부터 멀리 둘 수 없다. 누구나 그림자처럼 욕망을 달고 살아간다. 내가 그림자의 주인이 아니라 그림자가 내 주인이 되면 마지막은 어떻게 될까.

내 안의 불꽃을 다스리는 법을 다져야 한다. 그래야 내가 내 그림자의 주인이 될 수 있다.

〈카르멘〉
사랑은 복종하지 않는 새

오페라에는 팜므 파탈이 자주 등장한다. 강렬한 매력으로 사랑을 구하고 사랑을 뺏고 사랑을 버리는 여자들. 그중 최고봉을 꼽으라면 카르멘이 아닐까.

"사랑은 복종하지 않는 새, 누구도 길들일 수 없어."라며 남자를 유혹하는 카르멘. 끊임없이 유혹하고 유혹당하며 바람처럼 살아가는 집시 여인 카르멘은 화려하게 피어났다 지는 봄꽃 같은 사랑을 즐긴다. 한순간 화려하게 핀 사랑은 어느새 시든다. 그러면 또 미련 없이 돌아선다. 아무 거리낌도 없이 본능의 손을 잡는다. 사랑의 선택에 양심 따위가 끼어들 여지는 없다.

오페라 〈카르멘〉은 프로스페르 메리메의 『카르멘』을 원작으로 했는데, 치열하게 살다가 서른일곱 살에 세상을 떠난 조르주 비제가 오페라로 만들었다.

1875년 파리 초연 당시에 레오 들리브, 샤를 구노, 자크 오펜바흐, 쥘 마스네, 알퐁스 도데, 알렉상드르 뒤마 피스 등 당시 문화계 인사들이 몰려들었다. 초연은 맹비난을 받았다. 비도덕적이고 현실적이지 않다는 게 이유였다. 젊은 비제는 〈카르멘〉의 세계적 성공을 누리지 못했다.

담배 공장 앞 광장. 휴식 시간이 되자 여공들이 몰려나온다. 위병소 앞에서 호세를 발견한 카르멘은 매혹의 목소리로 〈하바네라〉를 부른다.

사랑은 길들지 않은 새,
아무리 애써도 길들일 수 없어.

무심한 척 총만 닦는 호세에게 붉은 장미를 던지고 가는 카르멘. 미카엘라가 호세를 찾아와 편지 한 통을 건네고 떠난다. 편지에는 미카엘라와 결혼하라는 어머니의 당부가 적혔다. 카르멘이 담배 공장의 동료와 다투다 체포된다. 수니가 대위는 호세에게 카르멘을 감시하라고 지시한다. 둘만 남게 되자 카르멘은 친구 릴라 파스티아의 술집에 같이 가자면서 노골적으로 유혹의 노래를 부른다. 결국 호세는 카르멘을 풀어주고 대신 감옥살이를 하게 된다.

시간이 흐르고, 약속했던 대로 릴라 파스티아의 술집에서 재회하는 호세와 카르멘. 그러나 기쁨도 잠시 멀리서 귀대 시간을 알리는 나팔 소리가 들려온다. 카르멘은 이만 가야 겠다는 호세에게 버럭 화를 낸다. 호세는 카르멘을 달래려 고 이전에 받았던 장미꽃을 보여준다. 이미 시든 그 꽃을 감 옥에서도 간직했다면서 자신의 가슴을 태우는 사랑을 열렬 히 노래한다.

내게는 단 하나의 소원밖에 없어.
너를 다시 만나는 것.
오, 카르멘. 너를 다시 만나는 것….

함께 산속으로 들어가서 자유롭게 살자고 조르는 카르멘. 호세는 모든 것을 버리고 카르멘을 따라간다. 군대의 하사 관에서 국경 지대의 밀수꾼이 됐다. 카르멘을 위해 어머니 도, 약혼자도 버렸다.

카르멘은 정착을 원하지 않는다. 사랑에 마침표를 찍는다 는 건 카르멘에게는 죽는 것과 같다. 어머니가 위독하다는 소식을 들은 호세는 어쩔 수 없이 고향으로 향한다. 호세가 다시 돌아왔을 때 카르멘은 이미 다른 남자와 사랑에 빠졌 다. 카르멘의 연인은 투우사 에스카미요다.

호세는 카르멘을 만나러 갔고 투우장 앞에서 두 사람은 마 주 섰다. 카르멘은 거짓으로 호세의 분노를 달래려고 하지 않는다. 끝까지 자신의 감정에 솔직하며 말한다. "더는 당신을 사랑하지 않아!" 카르멘은 호세가 준 반지를 빼서 내던지고, 카르멘이 없는 인생은 생각조차 할 수 없는 호세는 카르멘을 붙잡아 단도로 찌른다. 호세는 죽은 카르멘을 부여안고 절규한다. "오, 카르멘! 내 사랑!" 그리고 스스로 목숨을 끊는다.

사랑에 눈먼 남자와 사랑보다 자유가 중요한 여자. 그 사이에는 계약서가 없어도 갑을 관계가 존재했다. "너만 사랑해." 하는 남자와 "나만 사랑해." 하는 여자의 욕망은 충돌했다. 사랑의 잔인한 갑을 관계는 그렇게 끝이 났다.

동화의 사랑 이야기는 언제나 이런 끝을 맺는다. "그리하여 그들은 오래오래 행복하게 살았습니다." 그러나 사랑의 끝은 마냥 달콤하지 않다. 카르멘의 노래처럼 사랑은 길들지 않는 새다. 붙잡으려고 해도, 영원히 내 곁에 두려고 해도 날개가 있어 언제든지 날아갈 수 있다.

사랑이라는 이름으로 상대를 곁에 붙잡을 권리는 누구에게도 없다. 어쩌면 사랑을 따라왔다가 낯선 길에서 혼자 남게 된 순간 그곳에서 또 다른 사랑을 만날지도 모른다.

사랑은 언제든 날아가 버릴지도 모르는 새다. 그 새를 붙잡아두려는 일은 위험한 모험일지도 모른다. 타인을 사랑하려면 내 마음을 먼저 굳건히 사랑해야 한다. 그래야 사랑이 낯선 길 위로 나를 데려다 놓을 때 길을 잃지 않고 내게로 다시 돌아올 수 있다.

〈투란도트〉
인생의 수수께끼

아리아 〈네순 도르마〉로 유명한 오페라 〈투란도트〉. '공주
는 잠 못 이루고'라고 알려졌지만 원래 뜻으로는 '아무도 잠
들지 말라'다.

아무도 잠들지 말라.
내 사랑 공주 그대도
외로운 방에서
사랑과 희망에 떨고 있는 저 별들을 보는구나.

누구도 알지 못하리. 내 비밀 내 이름.
나 그대에게 고백하리.
밝아오는 그 아침에 그대는 알게 되리.
타오르는 내 사랑을.

〈투란도트〉의 여주인공은 두 명이다. 사랑을 모르는 여자
와 사랑밖에 모르는 여자. 사랑을 모르는 여자는 투란도트
다. 공주 투란도트는 권위 있고 비정하다. 처녀성에 집착하

고 그것을 노리는 남자들은 다 처단한다. 사랑밖에 모르는 여자는 류다. 노비 류는 사랑을 인생의 전부로 안다. 사랑 따위는 알지도, 믿지도 않았던 투란도트는 류를 통해 사랑의 위대함을 알게 된다. 두 여자 사이에 칼라프라는 남자가 나타난다. 칼라프는 출세를 지향하는 야심가다. 세 사람의 사랑 이야기가 드라마틱하게 펼쳐진다.

〈라 보엠〉, 〈토스카〉, 〈나비 부인〉을 자코모 푸치니의 3대 걸작이라 부르지만 〈투란도트〉는 푸치니 예술 세계의 정점에 자리한 작품이다. 푸치니는 이 작품을 만드는 동안 "이제까지의 내 오페라들은 다 버려도 좋다."고 자신했다. 그렇게 온 힘을 쏟아 〈투란도트〉의 작업에 매달렸지만 후두암이 악화되면서 끝내 완성하지 못한 채 세상을 떠났다. 그후 푸치니의 제자 프랑코 알파노가 고인이 남긴 메모와 스케치, 편지들을 모아 뒷부분을 마무리했다.

1926년 초연에서 푸치니가 작곡한 3막 〈류의 죽음〉까지 지휘한 토스카니니는 지휘봉을 내려놓고 관객에게 이야기했다. "마에스트로가 작곡한 부분은 여기까지입니다." 그러고는 무대 뒤로 들어갔다. 두 번째 공연부터 전곡이 연주될 수 있었다.

투란도트는 투란의 딸이라는 뜻의 공주 이름이다. 중국 베이징의 황궁. 아득히 높은 계단 위에 서 있는 투란도트는 구혼자들에게 세 가지 수수께끼를 내서 만약 풀지 못하면 목숨을 가져가는 잔혹한 여인이다.

왜 이 잔인한 게임을 계속하는 것일까? 투란도트의 아리아가 울려 퍼진다.

내가 여왕의 원한을 풀어주리!
내는 누구의 것도 되지 않으리!
결코 나는 누구의 것도 되지 않으리!

수수께끼 세 개를 맞추지 못하면 목숨을 내놓아야 하는데도 외국 왕자들이 투란도트에게 청혼하러 찾아온다. 그리고 형장의 이슬로 사라진다. 또 한 사람의 목숨이 걸린 날, 사형 집행을 알리는 관리의 포고문이 낭독된다.

술렁이는 군중 속에 한 노인이 앳된 여자의 부축을 받는다. 사람들에게 떠밀려 노인이 쓰러지자 지나가던 젊은이가 다가와 일으킨다. 그 순간 서로를 알아본 두 사람은 기쁨의 눈물을 흘린다. 노인은 멸망한 나라 타타르 왕 티무르, 젊은이는 행방불명된 왕자 칼라프였던 것이다. 노인의 옆자리를 지키던 앳된 여자는 왕의 노비였다. 류는 예전에 왕자가 자신을 향해 단 한 번 보여준 그 미소를 잊지 못하고 있다.

달이 떠오르자 망나니가 나와 숫돌에 도끼를 간다. 숨이 끊어질 페르시아 왕자가 끌려온다. 너무나 젊은 그 모습에 동정 어린 탄식이 터져 나온다.

자비를 베풀어달라는 노랫소리가 울려 퍼지지만 망루에 모습을 드러낸 투란도트는 집행을 시작하라고 명한다. 달빛에 드러난 공주의 얼굴을 보고 단번에 마음을 빼앗긴 칼라프. 수수께끼에 도전하겠다는 뜻을 밝히고는 눈물로 만류하는 류 앞에서 노래한다.

류여, 울지 마라.
내일 아침이 되면
혼자가 될지도 모르는 내 아버지를 지켜다오.

칼라프는 징을 세 번 울려 도전장을 내민다. 수많은 사람이 모인 그곳에 황제와 공주가 등장한다. 높은 단상에 올라선 투란도트는 싸늘한 얼굴로 칼라프를 내려다본다. 나팔이 울리고 투란도트의 수수께끼가 시작된다. 투란도트가 내는 문제는 세 가지다.

"어두운 밤에 유령처럼 날아다니며 사람들 마음을 들쑤시고는 아침이면 사라졌다가 밤마다 다시 태어나는 건 뭣인가?" 이 괴상하고 비논리적인 문제에 칼라프는 놀랍게도 정답을 말한다. "희망!" 두 번째와 세 번째 문제가 주어진다. "둘째, 생명을 잃으면 차가워지고 정복을 꿈꾸면 타오르는 이건 뭣인가? 셋째, 그대가 뜨겁게 타오를수록 더욱 차갑게 얼어붙는 이건 뭣인가?" 칼라프는 대답한다. "피! 그리고 투란도트!"

모든 수수께끼는 풀렸다. 숨죽이며 지켜보던 군중이 환호성을 터트린다. 당황한 투란도트는 황제에게 도움을 청하지만 소용이 없다. "약속은 신성한 것이니 그를 받아들여라!"

의기양양한 칼라프는 역으로 문제를 낸다. "내일 아침까지 내 이름을 알아맞히라. 맞히면 내 목을 내놓겠다. 그러나 맞히지 못하면 내 아내가 돼야 한다." 위기에 몰린 투란도트는 칼라프의 이름을 알기 전까지 한 사람도 잠을 자서는 안 된다고 명령한다. 칼라프는 승리를 확신하며 노래한다.

내 입맞춤으로 침묵의 입을 열리라.
당신은 내 것이라고.

그때 류가 잡혀 들어온다. 투란도트는 류를 고문해서 칼라프의 이름을 알아내려고 한다. 류는 "그의 이름을 아는 사람은 오직 나뿐이에요."라고 말한다. 류는 끔찍한 고문을 참으면서 끝내 입을 열지 않는다. 한쪽에서 지켜보던 투란도트가 묻는다. "그런 의지는 어디에서 나오느냐?" 류는 대답한다. "그를 향한 사랑이 고문의 고통보다 더 커요." 그러고는 얼음장 같은 공주의 마음도 언젠가는 녹아내릴 것이라며 순식간에 호위병의 칼을 뽑아 자신의 가슴을 찌른다.

류의 시신이 들려 나가고, 단둘이 남게 된 투란도트와 칼라프. 칼라프는 공주의 얼굴을 가린 베일을 벗기고 입을 맞춘다. 그리고 뿌리치려는 투란도트를 붙들고 열렬한 사랑을 호소한다. 투란도트의 뺨에 눈물이 흘러내린다. 드디어 얼음이 녹기 시작한 것이다. 칼라프는 투란도트에게 자신의 이름을 가르쳐준다. 날이 밝아오고 멀리서 나팔 소리가 들려온다. 광장에는 수많은 사람이 모여 있다. 과연 공주가 남자의 이름을 알아냈을까?

투란도트가 등장하고 모두 공주의 입이 열리기만 기다린다. 투란도트는 저 사내의 이름을 알아냈다고 말한다. "그의 이름은…" 긴장이 감돌고 투란도트의 외침이 울려 퍼진다. "사랑!" 투란도트와 칼라프가 서로를 끌어안으며 막이 내린다.

푸치니가 완성하지 못하고 세상을 떠났지만 제자 알파노가 완성한 작품에서 투란도트가 마지막으로 외치는 말, 수많은 사람이 숨죽여 기다리는 가운데 입술을 비집고 튀어나온 말은 '칼라프'가 아니라 '사랑'이었다.

희망, 피, 그리고 투란도트! 투란도트가 낸 세 가지 수수께끼의 답이다. 희망의 찬가도, 핏빛의 죽음도 오페라에서 거의 빠지지 않고 등장한다. 그렇지만 투란도트가 마지막으로 외친 사랑이야말로 최후의 주인공이다. 오페라에는 많은 인물이 등장한다. 그런데 그 대부분은 하나의 귀결점을 향해 달려간다. 그 끝에는 사랑이 있다.

이뤄지든, 이뤄지지 못하든 마지막 순간 우리 가슴속에 남는 단어 또한 사랑이다. 어쩌면 오페라의 또 다른 이름은 '사랑'이 아닐까?

사랑 때문에 질투하고, 집착하고, 미워하고, 사랑 때문에 아파하고, 끝내 죽어간다. 사랑은 죄, 사랑은 축복, 사랑은 저주, 사랑은 복수, 사랑은 노래다. 사랑은 오페라다. 오페라는 사랑이다.

〈피가로의 결혼〉
저녁 산들바람처럼

영화 〈쇼생크 탈출〉에서 주인공 앤디가 말한다. "모차르트 음악을 계속 들었어. 여기 가슴속에 있지. 여기에도…. 그게 음악의 아름다움이야. 음악을 느껴본 적 있어?"

희망도, 자유도 없이 교도소에 갇힌 죄수들, 교도소의 삭막한 풍경 속에 울려 퍼진 아리아, 저녁 산들바람은 부드럽게…. 볼프강 아마데우스 모차르트의 오페라 〈피가로의 결혼〉은 영화 속에서도 명장면을 만들어냈다.

〈세비야의 이발사〉를 만든 조아키노 안토니오 로시니는 모차르트의 〈피가로의 결혼〉을 보고 난 후 말했다. "내가 젊었을 때 내게 모차르트는 경외하는 존경의 대상이었다. 내가 원숙한 경지에 이르렀다고 생각됐을 때 모차르트는 내게 절망을 느끼게 해주었다. 이제 내가 늙게 되니 그는 나를 위로해주고 있다."

보마르셰의 원작 연극 〈피가로의 결혼〉에서 백작을 겨냥한 피가로의 독백은 시민 계급의 분노를 집약한다. "백작, 당신은 절대로 수잔나를 얻을 수 없어. 귀족 신분, 부, 품위…. 그런 것들을 다 지녔다고 우쭐대지. 하지만 다양한 특권을 얻기 위해 당신이 스스로 한 일이 대체 뭐가 있지? 세상에 태어난 수고 말고는 아무것도 한 일이 없잖아?"

파리에서 연극 〈피가로의 결혼〉을 초연하려고 했다. 그런데 루이 16세는 불같이 화를 내며 상연을 전면 금지했다. 귀족들도 치를 떨며 분개했다. 신분 제도에 정면으로 도전했기 때문이다. 그러나 몇 년 후 프랑스 대혁명으로 오페라 〈피가로의 결혼〉의 초연이 현실화된다. 1786년 빈에서 이뤄졌는데 아리아와 듀엣마다 앙코르가 요구되는 바람에 원래 공연 시간의 두 배가 소요됐다. 그 후 국왕이 앙코르의 횟수를 제한하는 명령을 선포하기도 했다.

피가로는 백작이 로지나와 결혼할 수 있게 도와줬다. 그 공로를 인정받아 백작의 성에서 지낸다. 백작 부인의 하녀 수잔나와 결혼식을 앞뒀다. 그런데 백작이 이번에는 피가로의 약혼녀인 수잔나에게 엉큼한 속셈을 품는 게 아닌가!

피가로와 수잔나, 그리고 백작 부인은 바람둥이 백작을 혼내주려고 의기투합한다. 마침 성에 머물던 사춘기 소년 케루비노를 수잔나로 변장시켜서 백작이 불러낸 장소로 내보

내려고 했는데 케루비노에게 옷을 갈아입히고 있을 때 백작이 갑자기 들이닥치면서 세 사람의 계획은 수포로 돌아간다. 백작 부인과 수잔나는 방법을 달리하기로 하고, 백작에게 보낼 사랑의 편지를 쓰기 시작한다. 바람둥이 백작의 마음을 되돌리기 위해 백작 부인이 구술하고 하녀 수잔나가 받아쓰는 장면에서 나오는 노래가 바로 영화 〈쇼생크 탈출〉에 흐르던 아리아 〈저녁 산들바람은 부드럽게〉다. '편지의 이중창'이라고도 한다.

백작 부인은 서로 사랑하던 시절에 만나던 숲에서 상쾌하게 불던 산들바람을 회상한다.

아름다운 저녁의 산들바람처럼
잔잔히 설레는 마음….

백작 부인과 수잔나의 술책을 알지 못하는 피가로는 수잔나가 백작에게 연애편지를 보냈다고 생각하고 오해한다. 피가로의 마음은 질투로 들끓고, 두 사람의 밀회를 똑똑히 지켜보겠노라고 다짐한다. 한편 백작 부인과 수잔나는 몰래 옷을 바꿔 입는다. 백작 부인의 옷을 입은 수잔나와 수잔나의 옷을 입은 백작 부인. 두 여자의 연극이 시작된다.

가짜 수잔나가 백작을 기다리는데 케루비노가 나타나서 수

작을 건다. "백작이 곧 하게 될 짓을 내가 왜 못하겠느냐."
면서 입을 맞추려고 덤벼든다. 때마침 등장한 백작이 재빨
리 두 사람 사이에 끼어들고, 케루비노의 입술은 백작의 뺨
과 맞부딪친다. 화가 뻗친 백작이 케루비노의 따귀를 때리
려고 손을 치켜드는데 몰래 지켜보던 피가로가 대신 맞게
된다. 케루비노는 기겁해서 도망친다.

한바탕 활극이 펼쳐지고 난 후 가짜 수잔나와 단둘이 남게
된 백작. 자신의 아내인 줄도 모르고 열렬히 사랑을 토로한
다. 보다 못한 피가로는 가짜 백작 부인에게 다가가 방금
본 일들을 일러바친다. 목소리를 듣자마자 단번에 수잔나
라는 것을 알아차린다. 모든 상황을 눈치챈 피가로는 당한
만큼 되갚을 생각으로 시치미 뚝 떼고 가짜 백작 부인에게
사랑을 속삭이기 시작한다. 수잔나는 피가로가 어디까지 할
지 지켜볼 심산으로 참다가 결국 피가로의 뺨을 때린다.

모든 게 연극이었음을 깨달은 피가로와 수잔나가 서로 끌
어안은 채 기뻐할 때 백작이 나타난다. 백작은 아랫것과 놀
아나는 저 한심한 여인을 보라면서 사람들을 불러낸다. 그
런데 저쪽에서 자신의 진짜 부인이 들어서자 말문이 턱 막
힌다. 방금 전까지 가짜 수잔나에게, 다시 말해 바로 자신
의 아내에게 치근덕댔다니! 결국 백작은 부인 앞에 무릎을
꿇고 용서를 빈다.

꼭두각시놀음 같은 사랑, 서로 속이고 속는 사랑, 사랑 참 알 수 없다. 사랑에 눈뜬 사춘기 소년 케루비노는 사랑이라는 감정에 대해 노래한다.

금방 즐겁더니 지금은 괴로워.
얼어붙을 것 같더니 곧 영혼이 타올라….

즐겁다가 괴롭다가, 얼어붙었다가 타올랐다가 하는가. 사랑이란 도대체 무엇이냐고 묻는다. 심지어 케루비노는 자신이 누구를 사랑하는지도 제대로 알지 못한다. 백작 부인에게 연심을 드러내기도 하고, 수잔나에게 수작을 걸기도 한다. 하지만 그게 비단 사춘기 소년만의 문제는 아닐 것이다. 다 자란 어른도 사랑을 모른다. 내 마음을 내가 모른다.

수잔나가 백작을 만나려고 기다리는 척하며 부르는 아리아는 사실 한 꺼풀만 벗기면 피가로를 향한 사랑의 찬가다. 그것을 해석하는 건 온전히 피가로의 몫이다. 그러니 어려울 수밖에. 게다가 사랑은 백작 부인과 수잔나처럼 옷을 바꿔 입고 나타난다. 어떤 게 진짜 사랑인지는 누구도 알려주지 않는다. 스스로 찾아야만 한다.

사랑 타령을 하지만 진짜 사랑이 드물다. 그 사랑을 찾는 것도, 진짜 사랑을 보는 것도 자신이어야 한다.

사랑을 얻으려고 벌이는 소동이 오페라 속 그들만의 것일까? 옷을 바꿔 입은 가짜 사랑에 놀아나고, 거짓 세레나데에 맞춰 비틀비틀 춤추는 모습이 오페라 속 그들만의 것일까? 어쩌면 사랑에 웃고 울고 사랑에 속는 우리의 모습인지도 모른다.

사랑에 이리서리 휘둘리며, 이 장난꾸러기 좀 어떻게 해주라며 허둥대는 우리는 평생 사춘기를 앓는다.

사랑에 있어서는 누구나 만년 사춘기다.

〈라 보엠〉
푸른 터널을 건너는 법

아무것도 가진 것 없는 물음표투성이 청춘. 자욱한 안개에 싸여 있어서 보이지 않는 미래, 서툴러서 자꾸 마음에 생채기를 내는 사람, 열리지 않는 꿈의 문을 두드리는 애타는 도전, 무엇 하나 꼭 지키겠노라고 단언할 수 없는 약속…. 불확실성이 가장 확실한 특징인 청춘.

푸른 터널을 지나는 청춘의 이야기가 있다. 12월 24일이 배경이어서 그럴까. 크리스마스 시즌이 되면 해마다 전 세계에서 오페라 〈라 보엠〉을 공연한다.

라 보엠은 무슨 뜻일까. 이탈리아어로 보엠은 보헤미안 기질이라는 뜻이다. 바로 사회 규범이나 세속적 성공에 얽매이지 않고 자유롭게 살아가는 이들, 자유로운 영혼들을 말한다.

청춘의 시기는 아프다. 없어 아프고 흔들려 아프다. 그런데 청춘은 그 속에서 햇살처럼 웃는 법을 안다. 가져도 불행한 어른을 비웃듯 없지만 눈부시게 행복한 청춘. 오페라 〈라 보엠〉은 바로 그들의 이야기다.

이 오페라를 보면 청춘의 고뇌와 방황이, 그러나 눈부신 젊음이 시간과 공간을 뛰어넘어 가슴에 직진해 들어온다.

〈라 보엠〉의 원작은 프랑스 작가 앙리 뮈르제의 소설 『보헤미안 삶의 풍경』이다. 이 소설을 오페라로 만든 푸치니는 가난한 젊은 시절을 보냈다. 돈이 없어서 힘들게 음악 공부를 했던 그 시절의 기억 때문일까. 미미가 죽는 마지막 장면을 작곡하고 나서 그는 어린아이처럼 엉엉 울었다고 한다.

12월 24일 크리스마스이브, 가난한 동네의 낡은 다락방. 시인 로돌포는 희곡을 쓰고, 화가 마르첼로는 그림을 그린다. 그들은 뼛속까지 파고드는 한기를 참다못해 로돌포의 원고를 난로에 넣고 불을 지핀다. 철학자 콜리네는 전당포에 책을 맡기러 갔다가 빈손으로 돌아온다. 성탄 전야라 문을 닫았던 것이다.

세 사람은 콜리네의 책마저 태운다. 순식간에 재가 돼 사라지는 글자들. 이때 음악가 쇼나르가 술을 사 들고 의기양양하게 나타난다. 사흘간 연주해서 번 돈으로 친구들에게 한턱을 낸 것이다. 로돌포는 급한 원고만 마무리하고 따라가 셌다며 혼사 남는다.

얼마쯤 지났을까. 문을 두드리는 소리가 들려온다. 문을 여니 이웃에 사는 여자가 양초를 들고 서 있다. 여자는 불을 좀 빌려달라고 한다. 촛불이 켜지고 지저분한 벽에 두 사람의 실루엣이 일렁인다. 이때 세찬 바람이 불어와 모든 불씨를 꺼트린다. 떨어진 열쇠를 찾기 위해 어둠 속에서 바닥을 더듬거리는 두 사람. 그 순간 그들의 손끝이 맞닿는다. 로돌포는 여자의 차디찬 손을 잡고 〈그대의 찬 손〉을 노래한다.

이 작은 손이 왜 이리 차가운가요?
내가 따듯하게 녹여줄게요.

로돌포는 노래를 부르며 자신을 소개한다. 시인이라고, 가난하지만 시를 쓸 때의 마음만은 백만장자라고. 그러면서 여자에게 말한다.

자, 이제는 당신 이야기를 해주세요.
당신이 누구신지 말씀해주시겠지요.

여자는 아리아 〈내 이름은 미미〉로 대답한다.
제 이름은 미미라고 해요.
저는 수놓는 일을 해요.

장미나 백합도 만들지요.
저기 저 조그만 방에서 혼자 살아요.
창문으로는 지붕밖에 보이지 않지만
봄이 오면 첫 번째 햇살은 제 것이에요.
4월의 첫 번째 키스는 제 것이에요.

두 사람은 밖에서 기다린 친구들과 함께 카페로 향한다. 그곳에서 마르첼로의 옛 애인 무제타와 마주친다. 무제타는 화려한 차림으로 부유한 노신사와 함께 들어선다. 마르첼로는 질투로 가슴이 에이는 듯하지만 애써 무심한 척한다. 무제타는 발이 아프니 고두를 고쳐 오라면서 노신사를 밖으로 내보낸다. 무제타는 물주가 퇴장하자 기다렸다는 듯이 마르첼로의 품으로 파고든다. 무제타는 모든 계산을 노신사 앞으로 달고는 노신사가 사준 구두 따위는 필요 없다는 듯이 맨발로 마르첼로의 등에 업혀서 도망친다.

로돌포와 미미는 같은 집에서 지낸다. 로돌포는 마르첼로에게 속마음을 털어놓는다. 폐병에 걸린 미미가 나 같은 가난뱅이 시인과 살다가는 약도 먹지 못하고 싸늘한 방에서 죽을 수밖에 없을 거라고. 나무 뒤에 있던 미미는 자신 때문에 괴로워하는 로돌프를 보며 그만 놓아주기로 결심한다. 지독하고 몹쓸 전염병과도 같은 불운이 사랑하는 이에게 옮기 전에.

미미가 로돌포에게 안녕을 고하는 동안 마르첼로와 무제타도 싸움을 벌인다. 마르첼로는 다른 남자들과 시시덕거리는 무제타를 비난하고, 무제타는 당신이 없으면 속이 시원하겠다고 응수한다. 성탄 전야에 맺어진 두 연인이 그렇게 이별을 맞는다.

다시 다락방. 예전처럼 로돌포는 펜을, 마르첼로는 붓을 들고 앉아 있다. 헤어진 애인을 향한 그리움을 그림자처럼 드리운 채. 그 순간 누군가 안으로 들어선다. 밀린 집세를 독촉하려는 집주인인가? 고개를 돌린 순간 두 사람의 눈에 들어온 건 꿈에 그리던 미미와 무제타다.

병이 깊어진 미미가 로돌포 곁에서 죽고 싶다며 무제타의 도움을 받아 찾아온 것이다. 무제타는 자신의 귀걸이를 빼며 팔아서 약을 사자고 한다. 콜리네도 하나뿐인 자신의 외투를 팔아 치료비에 보태겠다고 한다.

밖으로 나간 친구들이 돌아온다. "미미는 자고 있어." 미미를 위해 저녁 햇살을 가려주려고 커튼을 치는 로돌포. 그런데 자신을 바라보는 친구들의 표정이 이상하다. 아, 뭔가를 느낀 로돌포가 미미에게 달려간다. 아무리 흔들어도 눈을 뜨지 않는 미미를 부둥켜안는 로돌포. 미미는 그렇게 세상을 뜬 것이다. 로돌포는 절규한다. "미미!"

〈라 보엠〉의 젊은이들은 하나같이 가난하다. 잠깐의 온기라도 얻으려고 애써 써낸 원고를 태워야 할 만큼 빈곤하다. 그러나 그들은 돈을 위해 독을 품지 않는다. 독해지자고 다짐하지 않는다. 통조림 정어리와 딱딱한 빵, 물이 전부인 식탁에 앉아 호화로운 만찬을 즐기는 귀족인 듯 턱없이 부족한 음식을 나눠 먹는다. 손에 들려진 현실의 무게를 이 악물고 죽기 살기로 버티기보다는 고무공을 통통 튕기듯 가지고 놀아보려는 것이다. 시답잖은 장난이나 치면서 물색없이 살아가는 듯 보이지만 죽어가는 친구의 연인을 위해서라면 아끼는 귀걸이도, 하나뿐인 외투도 기꺼이 내놓는다.

죽음을 눈앞에 두고, 가난한 시인 로돌포와 시를 좋아하는 가난한 애인 미미는 비유를 써가며 정담을 나눈다. 로돌프가 말한다. "당신은 아침의 오로라처럼 아름답소." 미미가 답한다. "지는 태양처럼 예쁜 거겠죠."

사랑하는 이의 아름다움을 설명하려고 오로라든 태양이든 그 무엇을 갖다 붙여도 돈이 들지 않는다. 그 공짜의 찬사가 마지막 순간 두 사람의 마음을 어루만진다.

미미는 세상을 떠났지만 봄은 온다. 로돌프와 처음 만났던 12월 24일도 돌아온다. 가난한 이들의 처마에도 봄 햇살이 걸리고, 가난한 이들의 다락에도 성탄 전야는 찾아든다.

풍족하고 편리한 시대에 왜 춥고 가난한 그 시절을 그리워
할까? 낭만이 낙망이 된 이 시대에 가난하지만 로맨틱한 사
랑과 젊음이 있던 그 시절을 그리워한다. 해마다 겨울이 되
면 〈라 보엠〉의 젊은이들을 만나고 싶어 한다.

낭만은 돈이 필요하지 않다. 행복도 돈이 가져다주지 않는
다. 세상에는 누구에게든 공짜로 주어지는 것들이 있다. 그
런데 알고 보면 그 공짜야말로 가장 멋진 생의 보너스다.

〈돈 조반니〉
권태가 아닌 행복을 찾는다면

남자들이 어떤 여자를 좋아할까? 예쁜 여자? 이니다. 돈 많은 여자? 아니다. 오늘 만난 여자를 좋아한다. 곁에 있는 사람에게는 지루함을 느끼고 언제나 새로운 만남을 찾는 사람들을 빗댄 씁쓸한 유머다. 연인이나 부부는 권태기를 겪게 되고 반복되는 일상에 하품하며 지루해한다.

어쩌면 오페라 〈돈 조반니〉가 우리 모습을 반영한 건 아닐까. 물론 과장이 많이 섞였지만 우리를 향한 조롱은 아닐까. 파랑새가 가까이 있는 줄 모르고 파랑새를 찾아 온 세상을 헤매는 우리를, 있을 때 잘하라는 말을 하면서도 행복이 마음 안에 있는 것을 모른 채 마음은 들여다보지 못하고 불행하다고 절규하는 우리를 향한 경고는 아닐까.

돈 조반니는 실재 인물인데 바람둥이의 대명사 격이다. 돈은 귀족에게 붙이는 칭호이며, 조반니는 남자 이름인데 여러 문학 작품에서 바람둥이 캐릭터로 다뤄졌다. 카사노바가 모차르트를 찾아와 삶을 들려주자 모차르트가 '카사노

바에 비하면 돈 조반니는 그리 못된 인간도 아니다.'라며 가벼운 마음으로 작곡했다고 한다.

2,065명을 유혹한 세비야의 바람둥이인 조반니는 귀족의 지위와 매력적인 외모를 무기로 많은 여자를 유혹한다. 그리고 목적을 이루면 새로운 즐거움을 찾아 재빨리 도망친다. 정치와 이데올로기에 관심 없다. 명예는 신경 안 쓴다. 그 남자가 추구하는 건 오직 즐거움. 순간의 쾌락에 인생을 거는 남자다.

『뉴욕 타임스』가 인류 역사상 최고의 오페라로 선정한 작품 〈돈 조반니〉는 어둠 속에서 주인 조반니를 기다리는 하인 레포렐로의 아리아로 시작된다. 그 시각 조반니는 안나의 방에 숨어들어 겁탈하려고 한다. 기사장이 딸 안나의 비명 소리를 듣고 달려온다. 두 사람 사이에 결투가 벌어지고 조반니의 칼이 기사장을 찌른다. 아버지의 주검을 발견한 안나는 약혼자 오타비오와 함께 복수를 다짐한다.

도망친 조반니는 결혼을 약속한 엘비라와 마주친다. 엘비라에게서 마음이 떠난 조반니는 하인 레포렐로에게 뒷일을 맡기고 몸을 피한다. 레포렐로는 비탄에 빠진 엘비라 앞에서 〈카탈로그의 노래〉를 부른다. 조반니가 만난 여인들의 목록을 신이 나서 읊어댄다.

어느 마을, 어느 도시, 어느 나라건
그가 사랑 행각을 벌이지 않은 곳 없습니다.
아씨, 이게 바로 그 명부예요.
나리께서 정복하신 미녀들의 명부.
제가 공들여 꾸몄습니다.

이탈리아에서는 640명,
독일에서는 231명,
프랑스에서는 100명,
터키에서는 91명,
스페인에서는 1,000명하고도 3명이랍니다.

시골 아가씨, 시중드는 하녀, 도시의 미녀,
백작 부인과 남작 부인, 후작 부인,
그리고 공주도 섞여 있다오.
각계각층이 두루 섞인 크고 작은 여인,
나이도 가리지 않았어요.

금발 아가씨의 친절을 칭찬하고
흑발 여인의 지조를 찬양하죠.
겨울에는 뚱뚱한 여자를,
여름에는 날씬한 여인을 좋아하죠.
키 큰 여인은 당당하다고,

작은 여인은 귀엽다고 속삭였죠.
나이든 여인은 그저 명부의 수를 늘리려고
장난삼아 정복했죠.
나긋나긋한 어린 숙녀에게는 언제나
입맛이 당겼죠.

조반니의 바람둥이 행각은 계속된다. 조반니는 파티를 열고
흠뻑 취해 춤을 추자고 노래한다. 2,000여 명의 여자를 만
나고도 계속해서 사랑을 찾아 헤맨다. 사람들에게 비난을
받지만 조금도 개의치 않는다. 그러다가 공동묘지로 숨어
든 조반니. 이때 기사장의 무덤가에 세워진 석상이 경고한
다. 동이 트기 전에 네 웃음은 사라질 거라고. 석상은 그에
게 참회하라고 요구하면서 만약 그러지 않을 경우 지옥으
로 데려가겠노라고 겁박한다. 그러나 조반니의 인생에 후회
따위는 없다. 조반니는 석상이 내민 손을 잡고 석상을 따라
지옥으로 들어간다.

사람이란 글자와 사랑이란 글자는 'ㅁ'과 'ㅇ' 하나 차이다.
사랑은 저 먼 어딘가에 외따로 있는 게 아니라 이미 사람 안
에 들어 있다. 사랑은 사람과 사람이 만나서 네모난 'ㅁ'이
둥그런 'ㅇ'이 될 때까지 갈고 다듬어 완성하는 것이다.

그런데 조반니의 가슴에는 미완성된 반쪽짜리 사랑만이 나

뒹군다. 이 아가씨, 저 아가씨 고루고루 돌아가며 실컷 재미를 봐도 공허하기만 하다. 조반니는 왜 그토록 사랑을 찾아 헤맨 것일까. 왜 그토록 순간의 쾌락을 추구한 것일까.

단언컨대 시간을 이기는 사랑은 없다. 시간을 이기는 행복도 없다. 모든 건 반복되면서 훼손되고 시시해진다. 시간이 흐를수록 지금 가까이에 있는 이것, 이 사람, 여기가 아니라 멀리 떨어져 있는 저것, 저 사람, 저기를 욕망한다. 이것에서 저것으로, 이 사람에게서 저 사람에게로 옮겨 다닌다. 이번에는 진짜 행복을 찾을 수 있으리라 기대하면서, 이번에는 진짜 사랑을 찾을 수 있으리라 꿈꾸면서.

조반니는 노래한다. 내일 저녁쯤이면 정복한 여인의 명단에 새 이름들이 생겨날 거라고.

우리도 내일 저녁쯤이면 목록에 새로운 뭔가를 적을 것이다. 새로 산 물건일 수도 있고, 새로 만난 사람일 수도 있고, 새로 품은 희망일 수도 있다. 얼마쯤 지나면 그 새로움의 고마움을 잊을 것이다. 새롭지 않다고 하품을 날릴 것이다.

밀란 쿤데라는 말한다. "이미 알고 있는 것들 속에서 뱅뱅 도는 삶, 그 단조로움이 권태가 아니라 행복이다." 그리스 신화 속 시시포스도 말한다. "굴러 떨어지는 바위를 산꼭대기로 밀어 올려야 하는 무의미한 일을 매일매일 반복하지만 그 안에서 행복을 찾아야 한다. 날마다 새롭게 마음을 다져야 한다."

하루하루 똑같은 날이 주어진다. 어제와 같은 아침이 아니라 새로운 아침이 선물처럼 배달됐다고 여길 일이다. 하루에 한 번 태어나고 아침이면 새로운 생을 부여받았다고 감사할 일이다. 내게 다가온 인연을 소중히 여기며 다시 안 올 인연인 것처럼, 오늘 새롭게 만난 사람처럼 사랑할 일이다.

지금 이 순간을 누리고, 다가온 사람을 최대한으로 사랑하고 땀 흘리며 힘껏, 맘껏 살아갈 일이다.

〈나비 부인〉
내 인생의 집은

21세기 여주인공의 캐릭터는 참 많이 변했다. 내 운명은 나 자신이 개척한다. 내 인생을 남자에게 맡기는 따위는 하지 않는다. 유리 구두는 벗어던지고 운동화를 신고 뛰어간다. 당당한 전사형 여자가 요즘 여주인공 캐릭터다.

오페라에서는 사랑에 울고 사랑에 목숨 거는 여자, 남자에게 인생을 모두 맡기는 여자가 등장한다. 오페라 〈나비 부인〉의 주인공 역시 비련미를 뿜어내는 최루성 캐릭터다.

푸치니는 오페라 〈나비 부인〉의 곡들을 짓는 동안 여주인공 초초나비 상에게 푹 빠져든다. 푸치니가 가장 사랑한 캐릭터가 청순가련, 일편단심 여인 초초 상이다. 푸치니는 거액을 들여 구입한 요트에 '초초호'라고 이름을 붙일 정도로 나비 부인을 좋아했다.

이 이야기는 실제 있던 일이 모티프가 되었다. 작가 존 루터 롱은 여동생에게서 어느 일본 여자의 이야기를 전해 들었다. 게이샤가 사랑에 실패해 음독한 이야기다. 롱은 그 이야기를 소설로 써서 발표했다. 이 소설을 읽은 극작가 데이비드 벨라스코는 희곡으로 만들었고 대성공이었다. 푸치니가 그 연극을 봤고 벨라스코를 만나 제안했다. "오페라로 만듭시다."

집안이 몰락해 게이샤가 된 열다섯 살 초초 상이 미국 해군 중위 핀커턴과 결혼식을 올린다. 초초 상은 핀커턴을 따라 기독교로 개종할 정도로 그를 사랑했다. 초초 상은 "나는 세상에서 가장 행복한 여인"이라고 노래한다. "앞으로 내 운명을 모두 핀커턴에게 걸겠어요."

여자에게는 사랑이 전부. 그러나 남자에게는 그저 유희에 지나지 않았다. 핀커턴에게 이 결혼은 그저 장난 같은 것. 미국으로 돌아가면 미국 여성과 다시 결혼할 생각이었다.

3년 후 나비 부인은 남편을 하염없이 기다린다. 핀커턴과 초초 상이 첫날밤을 보냈던 나가사키의 항구가 내려다보이는 그 집에서. 나비 부인은 〈어떤 갠 날〉을 애절하게 부른다.

어느 맑게 갠 날, 푸른 바다 위로
한 줄기 연기가 피어오르고
배가 한 척 나타나겠지.

하얀색 함선은 항구로 들어오고
환영의 함포 소리가 가득 차겠지.

그분이 오신다면 뭐라고 하실까?
멀리서 나비 부인 하고 부를 거야.
나는 숨어 있을 거야.
그러지 않으면 처음 보는 순간…
반가워서 숨이 멎어버릴 테니까.

그분은 걱정스런 얼굴로 다시 부르겠지.
어여쁜 부인이여…
오렌지 꽃봉오리 같은 내 사랑이여…
결국에는 오셔서 날 부를 거야.
꼭 그런 날이 올 거야.

울새가 둥지를 틀면 돌아온다던 남편은 울새가 세 번이나
둥지를 틀 때까지 감감무소식이다. 다른 사람들은 남편이
다시 돌아오지 않을 것이라고 말하지만 나비 부인은 그저
하염없이 기다린다. 나비 부인에게는 아버지 없이 자라는
아들이 있기에. 나비 부인은 하얗게 밤을 새우며 장지문 옆
에 앉는다. 그 슬픈 옆모습에 항구 쪽에서 수병들이 부르는
서글픈 〈허밍 코러스〉가 들린다. 비극을 예고하듯, 밤안개
가 자욱이 깔리듯 흘러나온다.

맑게 갠 어느 날, 선박이 입항했음을 알리는 대포 소리가 들려온다. 드디어 핀커턴이 돌아온 것이다. 나비 부인은 남편을 맞이하려고 정원의 벚나무에서 꽃잎을 따와 집안을 장식한다. 정성껏 단장하고 아이와 함께 남편을 기다린다. 그러나 해가 진 부둣가에서는 하루치 노동을 끝낸 어부들의 콧노래가 들려오고 밤은 점점 더 깊어만 가는데 기다리던 남편은 끝내 나타나지 않는다.

다음 날, 뒤늦게 모습을 보인 핀커턴. 그의 곁에는 미국인 아내가 서 있다. 그는 돌아온 게 아니었다. 그저 아이만 데려가려고 미국인 아내와 함께 찾아온 것이다. 그제야 모든 것을 알아차린 나비 부인은 탄식하며 쓰러진다. 그리고 아버지가 남긴 칼에 새겨진 문장을 소리 내서 읽는다. "명예롭게 살 수 없을 때에는 명예롭게 죽어라." 나비 부인은 아이를 껴안고 마지막 노래를 부른다.

아아, 천국의 왕좌에서 내게 내려온 아이여.
엄마의 얼굴을 똑똑히 봐다오.
조금이라도 기억할 수 있도록 잘 봐다오.
사랑하는 아가야. 안녕.
안녕. 작고 귀여운 아이야.

이윽고 칼이 툭 떨어지는 소리가 들려온다. 그 순간 핀커턴이 들어와 나비 부인을 부르며 울부짖는다. "나비! 나비!"

결혼식을 치르기 전 핀커턴은 중매쟁이 고로에게 집을 보여주면서 자랑한다. 이 집은 999년간 빌리는 것으로 계약은 언제든지 바꿀 수 있다고. 바로 그 집에서 초초 상은 다짐한다. 이 남자에게 자신의 운명을 걸겠노라고.

첫날밤에 나눈 온기가 999년, 아니 99년, 아니 적어도 9년은 지속될 줄 알았지만 그러나 언제든 바뀔 수 있는 계약이었다. 언제든 떠날 수 있는 사람이었다. 나비 부인은 한순간 부서질 수 있는 모래성에 자신의 운명을 걸었다. 인생이라는 집을 다른 이의 손에 맡겼다. 그 사람이 장난삼아 지은 집에 자신의 운명을 구겨 넣었다.

운명과 숙명은 다르다. 숙명은 다 지은 집이지만 운명은 텅 빈 집이 아닐까. 운명이라는 게 가득 채워져서 우리 앞에 던져지는 것이라면 인간의 존재는 너무도 허망하다. 집의 뼈대 자체는 어쩔 수 없다고 하더라도 그 속은 가꿀 수 있다. 녹이 슬고, 빗물이 새고, 침입자가 쳐들어와 활개를 치며 돌아다니지 않도록 노력하고 시도할 수 있다.

한 일화가 있다. 신자가 선사를 찾아가 물었다. "운명이라는 게 정말 있나요?" 선사는 대답했다. "운명은 있습니다."

그러고는 선사는 신자의 왼손을 보며 말했다. "잘 보세요. 여기 가로로 뻗은 선은 애정선입니다. 그리고 여기 이 선은 직업선이고, 아래로 길게 뻗은 선은 생명선입니다." 그렇게 손금 하나하나를 짚으며 자세히 설명하던 선사는 신자에게 이제 천천히 주먹을 쥐라고 했다. 신자는 자기 주먹을 쥐었고, 선사는 물었다. "제가 말한 그 선들은 다 어디에 있습니까?" 신자는 대답했다. "제 손 안에 있네요!" 이어서 선사는 말했다. "그렇습니다. 운명은 결국 자신의 손 안에 있는 것입니다."

기쁨과 슬픔도 내 손 안에 있다. 천국과 지옥도 내 손 안에 있다. 운명도 기적도 내 손바닥 안에 있다.

다른 이에게 내 운명을, 다시 말해 내 집을 다 맡긴 순간 그 집은 허물어지고 만다. 집을 짓는 것도 나 자신, 그 집을 가꾸는 것도 나 자신, 그 집을 고치는 것도 나 자신이다.

〈잔니 스키키〉
사랑하는 딸을 위해

골목길을 걸어가는 아버지를 보면 눈시울이 젖는다. 드높던 어깨는 언제 저토록 내려가 있었나. 꼿꼿하던 등은 언제 저 토록 굽어 있었나.

언제나 공룡처럼 거대하고 힘센 존재일 것만 같던 당신. 그러나 더는 강하지도 않고, 더는 힘세지도 않고, 더는 용기 있지도 않은 비굴과 나약과 가난이 묻어 있는 당신.

아버지라는 이름을 지닌 이 세상에서 가장 외로운 사람. 오페라 〈잔니 스키키〉에서는 그런 아버지를 희극적으로 표현했다. 그런데 희극적이라 더 슬프다.

알리기에리 단테의 『신곡』 「지옥」 편에 유언장을 바꿔치기해서 남의 재산을 차지한 자가 지옥에 떨어졌다는 이야기가 나온다. 푸치니는 이 이야기를 오페라로 만들었다. 그래서일까. 마지막 부분에 잔니 스키키가 말한다. "오늘 밤, 단테 선생도 나를 용서해주시리라."

유산 상속을 둘러싼 블랙 코미디. 물욕 때문에 가족이 서로 철천지원수가 되는 현실을 다룬 〈잔니 스키키〉는 평생 비극을 만든 푸치니가 세상을 떠나기 6년 전에 만든 희극 작품이다. 푸치니도 죽기 전에 맘껏 웃고 싶었던 것일까.

〈오, 사랑하는 내 아버지〉는 오페라 〈잔니 스키키〉에서 특히 유명한 아리아다. 이 아리아는 영화의 삽입곡으로도 쓰이고, 광고의 배경 음악으로도 쓰인다. 아름답고 구슬픈 그 아리아는 사실 비극 속에 있는 게 아니라 희극 속에 있다.

1299년 이탈리아 피렌체. 부유한 노인 부오조가 임종하기 직전이다. 그의 침대로 모여든 일가친척들이 거짓 눈물을 흘리고 있다. 그들의 관심사는 오직 유산! 마침내 그가 숨을 거두자 그들은 샅샅이 뒤지기 시작한다. 그들이 찾는 건 부오조의 유언장이다. 그런데 부오조의 유언장에는 유산을 몽땅 수도원에 헌납하겠다고 적혔다. 친척들은 부오조의 돈으로 신부들이 살찌는 꼴만 보게 됐다며 낙심한다.

라우레타가 좋은 수가 있다며 나선다. 자신의 아버지 잔니 스키키에게 도움을 청하자는 것이다. 잔니 스키키라면 잔꾀로 유명한 자가 아닌가! 친척들도 귀가 솔깃해진다.

사실 라우레타에게는 나름의 속사정이 있다. 부오조의 먼

피붙이인 리누치오와 연인 사이다. 두 사람은 고인의 유산을 나눠 받으면 결혼식을 올리려고 날짜까지 잡았다. 그런데 그만 일이 틀어진 것이다. 유산을 한 푼도 못 받게 되니 결혼도 물 건너가게 생겼다. 라우레타는 아버지 잔니 스키키에게 도와달라고 한다. 그러나 잔니 스키키는 "그런 놈들에게 굴릴 머리는 갖지 않았다."며 내켜 하지 않는다. 라우레타가 아버지를 설득하려고 부르는 아리아가 그 유명한 〈오, 사랑하는 내 아버지〉다.

오, 사랑하는 내 아버지
저는 좋아해요, 그는 멋있어요.
포르타 로사 거리에
결혼반지를 사러 가게 해주세요.
만약 그를 사랑하면 안 된다고 하시면
폰테 베키오 다리에서
아르노강에 떨어져 죽을래요.

이 아름답고 구슬픈 아리아가 사실은 딸이 아버지한테 대놓고 협박하는 노래였다니! 아버지 입장에서 딸이 죽겠다는데 어쩌겠는가. 잔니 스키키는 결국 사기극을 벌이기로 작정한다. 친척들 말고는 아직 부오조의 죽음을 아는 이들이 없으니 그의 목소리를 흉내 내 유언장을 고쳐 쓰자고 한다. 유산에 혈안이 된 친척들은 그 제안에 따르기로 한다.

잔니 스키키는 시신을 숨기고 부오조 대신 침대에 눕는다. 공증인 앞에서 새 유언을 읊기 시작한다. "저택과 물방앗간과 노새는…" 금방이라도 숨이 끊어질 것처럼 그의 입술이 힘겹게 열린다. "나와 가장 친한 잔니 스키키에게 양도한다." 친척들은 모든 게 연극이라는 것을 밝히고 싶어도 처벌이 두려워 입을 다물 수밖에 없다. 공증인이 떠나고 나자 뒤늦게 분노를 터트리지만 아무 소용이 없다.

잔니 스키키는 이제 여기는 자신의 집이라고 외치며 친척들을 쫓아낸다. 마침내 결혼식을 올릴 수 있게 된 딸 라우레타가 기뻐하는 모습을 흐뭇하게 바라보던 아버지 잔니 스키키가 관객들을 향해 박수를 청한다. "부오조의 재산이 이보다 더 훌륭하게 분배될 방법이 있었겠습니까?"

잔니 스키키는 가난한 아버지다. 돈 때문에 결혼을 못하게 됐다는 딸이 강물에 빠져 죽겠다고 협박하지만, 자신이 내어줄 수 있는 건 아무것도 없다. 그래서 부유한 노인의 목소리를 흉내 내며 거짓 유언을 남긴다. 발각될 경우 손목이 잘리고 추방당할 수도 있지만 딸을 위해 그 정도의 위험 부담은 감수하기로 한다.

어쩌겠는가. 딸이 결혼반지를 사고 싶다고 애걸복걸하는데 무슨 수를 써서라도 돈을 벌어와야지. 딸을 위해 아슬아슬한 인생의 곡예를 넘나드는 잔니 스키키를 보고 있자면 이 세상 아버지의 고된 삶이 떠오른다.

모든 아버지는 잔니 스키키처럼 연극하며 하루하루를 버틴다. 같이 놀아달라는 말보다 뭔가를 사달라는 말을 더 많이 하는 자식들을 위해, 어쩌다 한 번 사랑한다는 소리를 듣기 위해, 아빠를 존경한다는 그 말 한마디를 듣기 위해 세상과 타협하며 자신의 꿈 따위는 접고 살아간다.

순수함을 잃으며 세상의 뿌연 먼지 속을 걸어가는 수많은 잔니 스키키. 그들은 돌 던지는 세상을 향해 항변한다.

어쩌라고요? 나는 아버지잖아요!

〈트리스탄과 이졸데〉
품고 잠들고 깨어나리

아리스토텔레스는『니코마코스 윤리학』에서 연민을 불러 일으키는 불행을 열두 가지로 말했다. 아리스토텔레스는 현명한 자는 행복을 추구하기보다 불행을 제거한다고 했다.

죽음, 학대, 질병, 배고픔, 고독, 추한 용모, 나약, 불구, 실망, 좋은 일이 지체되는 것, 좋은 일이 일어나지 않는 것, 좋은 일이 일어났는데 그 일을 즐길 수 없는 것 따위다.

그렇다. 행복의 반대말은 불행이 아니다. 불만이다.

슬픔이란, 불행이란 무엇인지 영혼 깊숙한 서랍 속에서 슬픔의 감정을 꺼내는 오페라가 있다. 빌헬름 리하르트 바그너의 〈트리스탄과 이졸데〉다. 토스카니니는 세상의 모든 오페라 중 〈트리스탄과 이졸데〉를 으뜸으로 꼽으며 〈트리스탄과 이졸데〉 서곡에서 인생을 배웠다고 했다.

트리스탄이라는 이름은 슬픔을 뜻하는 라틴어 트리스티스

에서 온 것인데 슬픔 속에서 태어난 아이라는 의미다.

바그너는 오페라 〈트리스탄과 이졸데〉의 대본도 썼는데 이 대본을 쓸 무렵 자신의 후원자였던 베젠동크 부인과 사랑에 빠졌다. 오페라 속 트리스탄처럼 유부녀와 이룰 수 없는 사랑을 한 것이다. 그래서일까. 그의 갈망이 절절히 스며들어 있다. 베젠동크 부인과의 스캔들이 터지자 취리히를 떠난 바그너는 베네치아에서 2막을 마저 작곡했다.

아일랜드 공주 이졸데는 콘월로 향하는 배 위에 있다. 콘월 국왕 마르케와 정략결혼을 하러 가는 것이다. 이졸데를 수행하는 기사는 국왕 마르케의 조카인 트리스탄이다. 이졸데와 트리스탄은 이전에 만난 적이 있다. 바람처럼 스친 정도가 아니라 마음에 홈이 파일 만큼 진한 격돌이었다.

아일랜드와 콘월이 전쟁을 치를 때였다. 이졸데는 부상당해 바닷가로 떠밀린 트리스탄을 발견한다. 이졸데는 낯선 이방인을 치료하면서 마음이 흔들린다. 그런데 자신의 약혼자를 죽인 콘월의 기사라는 사실을 알게 된다. 적국의 공주인 여자와 그의 약혼자를 죽인 남자! 원수의 만남은 그렇게 이뤄졌다.

이졸데는 복수를 다짐하며 칼을 치켜든다. 트리스탄은 깊은 눈빛으로 올려다보기만 한다. 이졸데는 트리스탄을 차마 찌를 수 없었다. 몸이 회복된 트리스탄은 반드시 은혜를 갚겠다는 말만 남긴 채 떠났다. 그들 마음에서는 이미 설렘이 시작됐지만 그 어떤 약속도 나눌 수 없었다. 서로 진심을 숨긴 채 각자의 자리로 돌아갈 수밖에 없었다.

시간이 흘러 아일랜드와 콘월 간에 평화 협정이 맺어지고, 마르케 왕과 이졸데 공주의 혼담이 오가게 된다. 그리하여 트리스탄은 이졸데를 국왕의 아내로 데려가는 배의 갑판에 서 있다. 이졸데는 항해 내내 뒷모습만을 보여주는 트리스탄에게 분개한다. 이졸데는 시녀 브랑게네를 시켜 자신이 있는 곳으로 오라고 했지만 트리스탄은 꿈쩍도 않는다. 이전 기억은 한 줌도 남지 않은 사람처럼 냉정히 선을 긋는다.

이졸데는 바다가 이 배를 뒤집어서 산산이 부숴버렸으면 좋겠다고 외친다. 급기야 브랑게네에게 독약을 가져오라고 한다. 콘월의 땅이 가까워지자 다시 한 번 트리스탄을 부른다. 직접 용서를 빌기 전에는 이 배에서 내리지 않겠다고 버티면서. 이졸데는 마지못해 찾아온 트리스탄에게 화해의 술을 마시자며 잔을 내민다. 트리스탄은 그 술에 독약을 탔으리라 짐작하면서도 마다하지 않고 들이킨다. 이졸데는 트리스탄이 절반쯤 마셨을 때 잔을 잡아채서 나머지를 비운다. 그 순간 뭔가 이상한 일이 일어난다. 독주를 마신 두 사람이 한 치의 틈도 용납하지 않겠다는 듯이 맹렬한 기세로 상대방을 끌어안는다. 브랑게네가 독약을 사랑의 묘약으로 바꿔치기했던 것이다.

배가 해안에 닿고 왕비를 맞이하는 군중의 함성 소리가 들려오는데도 여전히 열락에 들떠 있는 트리스탄과 이졸데. 오색 빛깔 만화경이라도 된 것처럼 서로의 몸을 들여다보고 또 들여다본다.

파도치는 물결 속에, 해조음 속에
세계가 숨 쉬는 그 맥박 속에
빠지고 가라앉아 나를 잊는 것
오, 다시없는 기쁨!

당황한 브랑게네가 정신 차리라고 외치면서 자신의 잘못을 털어놓는다. 이졸데는 간신히 황홀경에서 빠져나온다. 한낮의 빛은 눈앞에 펼쳐진 현실의 표면을 미세한 결까지 드러내준다. 그걸 차마 견디지 못한 이졸데는 트리스탄의 가슴 위로 쓰러진다.

사랑의 묘약은 두 사람의 피를 더욱 뜨겁게 달군다. 트리스탄과 이졸데는 마르케 왕이 사냥을 나간 사이에 밀회를 가진다. 그런데 마르케 왕이 예정보다 일찍 궁으로 돌아온다.

이 모든 건 마르케 왕의 신하인 멜로트의 계략이었다. 트리스탄과 이졸데의 비밀을 알게 된 멜로트가 두 사람이 함께 있는 모습을 마르케 왕이 직접 목격하게 하려고 판을 짜놓은 것이었다. 마르케 왕은 믿음을 배반당했다며 탄식하고 트리스탄은 변명조차 할 수가 없다. 트리스탄은 검을 뽑아 달려드는 멜로트에게 순순히 가슴을 내어준다.

눈을 뜬 트리스탄은 이졸데를 그리며 신음한다. 이때 이졸데가 탄 배가 도착했음을 알리는 목동의 피리 소리가 들려온다. 이졸데는 트리스탄을 부르며 달려온다. 트리스탄은 마지막 힘을 그러모아 이졸데에게 다가간다. 다시 한 번 서로의 몸을 끌어안고 서로의 눈을 들여다본다. 그렇게 트리스탄이 숨을 거둔다. 그리고 이졸데도 그 뒤를 따른다.

사랑하면 안 될 사람을 사랑할 때 그 사랑은 갈망이 된다.

충분함이 없는 상태. 언제나 사막을 걷는 것처럼 쓸쓸하고 고독한 상태인 갈망은 그리워서 사무치는 마음이다. 그 사람의 모든 것을 내 마음 안에 채우고 자물쇠를 걸고 싶은 마음이다. 이루고 싶은 사랑이 멀어서 사다리를 타고 오르는 꿈을 꾸는 것이다.

○ 2막 | 사랑은 오페라다

〈사랑의 묘약〉
사흘을 못 보면 죽는 약

사랑과 술은 공통점이 있다. 첫째, 중독성이 있다. 둘째, 과하면 그만큼 아프고 힘들다. 셋째, 깨고 나면 남는 건 병뿐이다. 넷째, 헤어지는 데는 고통이 따른다.

술이 주인공인 듯한 오페라가 있다. 오페라 연출가들은 종종 말한다. 오페라 〈사랑의 묘약〉의 주인공은 와인이라고.

거짓 만병통치약을 팔러 다니는 약장수가 결국 두 남녀의 사랑을 이어준다. 여기서 약장수는 사기꾼이 아니라 사랑의 메신저인 것이다.

오페라 〈사랑의 묘약〉을 만든 가에타노 도니체티의 사랑은 어땠을까? 오페라에는 큰 발자국을 남겼지만 도니체티의 사랑과 인생은 비극적이었다. 그는 사랑하는 친구의 누이와 결혼했다. 그러나 아내는 아들을 사산한 후에 바로 세상을 떠났다. 괴로움을 이기지 못한 도니체티는 방탕하게 생활하다가 매독에 걸렸고, 말년에는 정신병원을 전전하다가 비참하게 죽었다. 그런 그에게 절실하게 필요한 건 사랑의 묘약이 아니었을까.

사람보다 더 주인공 역할을 하는 사랑의 묘약은 중세의 기사 문학 중 트리스탄 전설에 나오는 약이다. 이 전설을 모티프로 바그너는 〈트리스탄과 이졸데〉라는 걸작을 만들었지만 그 전에 이미 도니체티는 중세의 트리스탄 전설을 바탕으로 오페라 〈사랑의 묘약〉을 만들었다.

중세 문학 작품에서 사랑의 묘약은 "하루를 못 보면 병이 들고, 사흘을 못 보면 죽는다."는 효능이 있다. 이 사랑의 묘약은 내가 마시면 상대방이 나를 사랑하게 되는 약이다.

19세기 중반, 스페인 어느 작은 마을. 들판에서 일하다 쉬는 아가씨 중에 지주의 딸인 여주인공 아디나가 나무 그늘에서 책을 읽는다. 아가씨들이 몰려가 무슨 책이냐고 묻는다. 아디나는 『트리스탄과 이졸데』라는 책이라며 거기 나오는 사랑의 묘약에 대해 이야기한다.

아디나를 짝사랑하는 동네 총각 네모리노는 그런 아디나를 보며 노래한다. "아, 얼마나 아름다운지!" 그때 이 마을에 주둔하게 된 군대의 미남 장교 벨코레가 나타난다. 벨코레는 아디나를 보자마자 첫눈에 반해 꽃다발을 바친다. 그

러나 아디나는 호락호락 넘어가지 않는다. 그 광경을 본 네
모리노는 마음이 급해져서 아디나에게 고백한다. 아디나는
계속 팅기며 〈산들바람에게 물어봐요〉를 노래한다.

산들바람에게 물어봐요.
왜 산들바람이 백합에서 장미로
풀밭에서 시냇가로 쉴 새 없이 옮겨 다니는지.

산들바람이 대답할 거예요.
여자의 마음은 늘 이곳저곳 옮겨 다닌다고.
여자의 마음을 믿는 건 어리석어요.

네모리노는 아리아 〈시냇물에게 물어봐요〉를 부르며 마음
을 고백한다.

시냇물처럼 내 마음은 항상
당신을 향해 흐르고 있어요.

아디나는 변치 않는 사랑은 없다며 새로운 사랑을 찾으라
고 하지만 네모리노는 노래한다.

밤낮없이 어디서나 그대 생각뿐이라오.
아무리 잊으려 해도 그대 모습은 언제나

내 마음을 떠나지 않아요.

마을에 약장수의 마차가 도착한다. 약장수는 마을 사람들 앞에 만병통치약을 내놓는다. 네모리노는 약장수에게 묻는다. "혹시 사랑의 묘약도 파나요?" 약장수는 값싼 와인을 사랑의 묘약이라고 속여 판다. 그 가짜 묘약을 마신 네모리노는 사랑을 얻을 수 있을 것이라고 의기양양해진다. 그런데 부대와 함께 전출을 명령받은 벨코레가 아디나에게 급히 청혼한다. 아디나는 갑자기 건방져진 네모리노를 골려주려고 벨코레의 청혼을 받아들인다. 절망한 네모리노는 아디나에게 자신의 진심을 믿어주라며 결혼 날짜를 하루만 늦춰달라고 애원한다.

아디나와 벨코레의 결혼 파티가 시작된다. 네모리노는 빨리 약효를 얻어야겠다는 급한 마음에 사랑의 묘약을 한 병 더 사려고 한다. 그러나 이미 가진 돈을 약 사는 데 다 쓴 처지다. 입대하면 당장 현찰로 20스쿠디를 받는다는 벨코레의 말에 네모리노는 입대 계약서를 작성한다. 그리고 그 돈을 받아 사랑의 묘약 한 병을 더 사서 마신다.

동네 처녀 자네타는 네모리노가 거액의 유산을 상속받는다는 소문을 다른 처녀들에게 몰래 전해준다. 그 이야기를 듣고 동네 처녀들이 모두 네모리노에게 달려들어 아양을 떤다. 이 사실을 모르는 네모리노는 드디어 묘약의 효과가 나타나는 줄 알고 기뻐한다.

한편 약장수에게서 묘약의 이야기와 네모리노의 입대 동기를 전해 들은 아디나는 그 절실한 사랑에 마음이 움직인다. 이때까지 아디나와 네모리노는 네모리노가 유산을 상속받는다는 사실을 전혀 모른다. 한결같은 진심과 정열에 감동받은 아디나의 눈에 후회의 눈물이 고인다. 그 모습을 지켜보며 네모리노는 〈남몰래 흘리는 눈물〉을 부른다.

남몰래 흘리는 눈물이
그대의 두 눈에서 흘러내리네.
더는 무엇을 원하리.
진정 그대가 나를 사랑하는데.

네모리노는 아무것도 바라는 게 없다고, 사랑을 위해서라면 죽을 수도 있다고 노래한다. 사랑이 이뤄지자 네모리노는 묘약의 힘을 더욱 믿게 된다. 약장수는 모두의 감사와 환호 속에 마을을 떠난다. 벨코레는 "세상에 쌓인 게 여자인데."라며 깨끗하게 물러난다.

오페라 속 러브 스토리의 해피엔딩에는 두 가지가 있다. 비극 속 해피엔딩은 두 사람이 죽음으로 결합한다. 희극 속 해피엔딩은 신데렐라 스토리를 따라간다. 사랑과 부와 고귀한 신분을 모두 얻는 결말이다.

사랑에 빠진 사람들은 사랑하는 사람에게 매혹된다. 그래서 그 이상의 어떤 술도 찾지 못한다. 사랑하는 사람은 그렇게 자신의 몸과 마음을 모두 취하게 하는 이 세상 최고의 아름다운 술이다. 그렇게 한평생 구름에 둥둥 떠서 살아가게 하는 힘이다. 사랑 말고 그 어떤 것도 없을 것이다. 그런데 간혹 사랑에 너무 많은 기대를 걸다 보니 그 매혹의 술에서 서둘러 깨어나 버린다. 그래서 숙취의 기운처럼 나른하게 삶을 살아간다.

만일 내 인생 전부를 바쳤는데 돌아오는 게 없다고 말한다면 그건 준 게 아니라 계산한 게 아닐까.

사랑의 가치는 푹 빠져들어 취해버린 바로 그 순간에 있다.

〈아이다〉
눈부신 곳에 네 자리를

장미는 아름답다. 따고 싶다. 따는 순간 그 가시에 찔릴 것을 알면서도 따지 않을 수 없다. 그 향기와 자태에 홀려 손을 내밀지 않을 수 없다. 장미 가시에 찔린 순간의 아픔, 상처…. 그게 사랑이라면 그렇다고 해도 사랑하겠는가? 아프지 않고 상처받지 않으니 그 사랑을 놓치겠는가?

켈트족 전설에는 가시나무새가 나온다. 일생에 단 한 번 우는 새인데 가장 길고 날카로운 가시를 찾아 스스로 자기 몸을 찌른다. 죽어가는 새는 드디어 종달새나 나이팅게일도 따를 수 없는 아름다운 노래를 부른다. 가장 아름다운 노래와 목숨을 맞바꾸는 것이다. 가시나무새는 선택할 수 없다. 그 선택이 어떤 선택인지도 모르고 그저 가시에 찔려 가장 아름다운 노래를 부르며 죽어간다.

그런데 인간에게는 선택할 수 있는 고통을 신이 주셨다. 하나는 가시에 찔려 피를 흘리는 선택이다. 또 하나는 상처 없이 살아가는 선택이다. 그중에서 어떤 선택을 할까?

오페라 〈아이다〉는 사랑의 선택 과정이 드라마틱하게 펼쳐진다. 이 오페라는 어마어마한 무대 장치, 이국적 의상, 화려한 볼거리로 유명하다. 〈개선행진곡〉이나 〈정결한 아이다〉, 〈이기고 돌아오라〉 등의 아리아로 이름났지만 역시 가장 매력적인 건 스토리다. 러브 스토리인데 두 여자가 한 남자를 사랑하는 슬프고 안타까운 삼각관계 멜로드라마다. 두 여자 아이다와 암네리스, 그리고 한 남자 라다메스의 사랑 이야기다.

아이다는 노비고, 암네리스는 왕녀다. 아이다는 노비라는 신분 때문에 사랑을 이루지 못해 슬프다. 암네리스는 왕녀라는 신분 때문에 적극적으로 사랑할 수 없어 고통스럽다. 두 여자 사이에서 갈등하는 남자 라다메스 역시 행복하지 못하다. 그렇다면 이 사랑의 결말은 어떻게 될까?

이집트와 에티오피아는 계속 전쟁하고 있다. 이집트 장군 라다메스가 남몰래 사랑을 나누는 궁전의 노예 아이다는 원래 에티오피아의 공주였는데 전쟁 포로로 끌려왔다.

라다메스는 〈정결한 아이다〉를 부르며 아이다에게 에티오피아의 왕좌를 찾아주겠다고 한다.

정결한 아이다, 우아한 그 자태,

그대는 영원한 내 생명의 빛,
그대 고향의 아름다운 하늘,
부드러운 미풍을 되찾아줄게요.
왕가의 화관을 그대 머리에 씌우고
태양 곁에 그대 자리를 마련할게요.

라다메스는 군대의 사령관으로 뽑혀 전쟁에 나간다. 많은
사람이 모여 승리를 기원하는 합창을 부른다. "이기고 돌아
오라!"는 외침이 힘차게 울려 퍼진다. 홀로 남은 아이다는
자괴감에 빠져 괴로워한다.

이기고 돌아오라고?
어떻게 그런 말을 할 수 있을까?
내 조국을 치고 아버지를 이겨달라는 말이
어떻게 나올 수 있을까?
그이가 이기고 오면 조국은 피바다가 될 것을
갈채 속에 이집트군은 개선하겠지만
그 뒤에 끌려오는 아버지가 눈에 보이네.

아, 슬프다. 내 사랑
잡혀온 지 오랜 세월, 외로운 나를 위로한
내 사랑 라다메스
내 사랑을 어찌 저주할 수 있으랴.

아, 세상에 이런 일이 또 어디에 있으랴.
아버지를 배반한다는 것도,
그이를 사랑한다는 것도, 나는 못할 일
어이 하리, 떨리는 이 가슴
나는 울고 싶어요.
나는 빌고 싶어요.
그러나 기도는 모독이 되고,
눈물은 죄가 되네요.

전장으로 떠난 라다메스를 초조하게 기다리는 여인이 또한 명 있다. 바로 이집트 공주 암네리스다. 아이다와 라다메스의 관계를 의심한 암네리스는 아이다의 진심을 알아내려고 불러낸다. 라다메스가 전사했다고 거짓말하니 그 순간 아이다의 표정이 모든 사실을 말한다. 아이다의 마음을 눈치챈 암네리스는 자신도 라다메스를 사랑한다고 밝힌다.

아이다는 울며 애원한다. "나는 오직 사랑밖에 희망이 없어요. 내 사랑을 빼앗지 말아주세요." 그러나 암네리스는 단호하게 말한다. "나는 파라오의 딸이야! 한낱 노예 따위가 내 적수가 될 것 같아?"

이때 개선 행렬의 입성을 알리는 연주가 들려온다. 암네리스는 아이다에게 말한다. "나는 화려한 옥좌에서, 너는 흙

바닥에 엎드려서 그를 맞이하자." 아이다는 절규한다. "하늘이여, 제 고통을 굽어 살피소서."

사람들이 개선군을 맞으러 몰려든다. 국왕과 관료들도 그들을 환영하려고 나온다. 〈개선행진곡〉의 합창이 울려 퍼진다. 라다메스는 당당하게 모습을 드러낸다. 승리의 상으로 소원을 들어주겠다는 왕에게 라다메스는 잡아온 포로들을 풀어달라고 청한다. 끌려 나온 에티오피아 포로들 사이에 아이다의 아버지 아모나스로도 있다. 아이다와 아버지는 얼싸안고 상봉의 기쁨을 나눈다. 왕은 라다메스의 요청을 받아주며 말한다. "너를 내 사위이자 후계자로 삼겠다." 그 말에 암네리스와 아이다의 희비가 엇갈린다.

라다메스와 암네리스의 결혼식을 앞둔 밤. 아이다는 나일 강변에 서서 라다메스를 기다린다. 아이다는 라다메스가 이별을 고한다면 강물에 몸을 던질 생각이다. 이때 아버지가 나타나 딸을 설득한다. "라다메스에게서 이집트 군대가 어떤 행로로 진군할지 알아내야 한다. 그러지 못하면 조국의 원혼들이 저주할 것이고, 파라오의 종년으로 전락하게 될 것이다."

아이다는 어쩔 수 없이 승낙한다. 때마침 라다메스가 반갑게 뛰어와 아이다 앞에 선다. 아이다는 함께 에티오피아로

가서 사랑의 보금자리를 꾸리자고 한다. 라다메스는 결국 아이다의 뜻에 따르기로 결심한다. 아이다가 어느 길로 도망가는 게 좋을지 묻자 라다메스는 "내일 공격할 길은 비어 있다."면서 군사 기밀을 발설하고 만다. 몰래 숨어서 엿듣던 아이다의 아버지가 이때다 싶어 나타난다.

암네리스는 세 사람이 함께 있는 모습을 본다. 아이다와 아버지는 쫓아오는 병사들을 피해 도망가고, 라다메스는 그 자리에서 붙잡힌다. 암네리스는 라다메스에게 말한다. "아이다를 단념하고 나를 택해요. 그럼 살려주죠." 재판이 열리고, 라다메스는 한마디 변명조차 하지 않는다. 라다메스는 오직 사랑을 택한다. 그리고 조국의 반역자가 돼 극형을 받는다. 암네리스는 사랑하는 이를 잃었다. 아이다에게 진 것이다. 암네리스는 처절한 패배감에 빠져 절규한다.

라다메스는 모든 것을 홀로 끌어안고 돌무덤 안에 묻힌다. 그런데 그곳에 아이다가 있다! 미리 무덤 안에 들어와 라다메스를 기다렸던 것이다. 두 사람은 뜨겁게 포옹하며 죽음은 아름답다고 노래한다. "이제 천국의 문이 열리고 그 많던 세상의 고통은 사라지네." 점점 얇아지는 공기를 나눠 마시며 그렇게 아이다와 라다메스는 함께 죽어간다.

아이다가 아버지와 함께 도망갈 수 있도록 병사들을 막아주던 라다메스는 두 사람의 모습이 보이지 않자 무기를 내려놓고 순순히 무릎을 꿇었다. 반역죄로 재판을 받을 때도 자신을 변호하지 않았다. 사랑을 위해 패배를 기꺼이 받아들였다. 그는 아이다에게 당당하게 외쳤다. "태양 가까운 곳에, 가장 눈부신 곳에 사랑하는 이를 위해 가장 귀중한 자리를 마련하리라."

아이다와 라다메스가 다다른 곳은 태양 곁의 옥좌가 아니었다. 햇빛 한 줌 들지 않는 돌무덤이었다. 아이다에게 사랑이 없는 옥좌는 필요 없었다. 사랑이 있는 곳이라면 그곳이 돌무덤이어도 좋았다. 아이다에게 가장 빛나는 자리는 사랑하는 사람이 있는 그 자리였다.

사랑하는 사람의 선택은 목숨도, 명예도 아닌 오직 사랑이었다. 사랑하는 사람의 선택은 높은 자리도, 빛나는 자리도 아닌 오직 사랑하는 사람의 곁이었다.

영혼에 상처 하나 남기지 않는 사랑이 과연 진정한 사랑이라고 할 수 있을까? 큰 상처 없이 살아간 인생이 과연 치열하게 살아간 인생이라고 할 수 있을까? 심장을 바칠 수 있는 사랑이 진짜 사랑이 아닐까? 내 모든 것을 다 걸고 선택한 삶이 제대로 사는 삶이 아닐까? 단 한 번도 가시에 찔리지 않고, 그래서 가장 아름다운 노래가 무엇인지 모르고 살아온 인생이 가장 가여운 인생이 아닐까? 어쩌면 이런 생각을 하는 순간이 바로 가시에 찔리는 순간인지도 모른다.

그래서 자크 프레베르도 시 「이 사랑」에서 한탄했나 보다.

이토록 격렬하고
이토록 연약하고
이토록 부드럽고
이토록 절망하는 이 사랑

이토록 행복하고
이토록 즐겁고
이토록 덧없고
멍텅구리처럼 고집 세고
욕망처럼 피 끓고
기억처럼 잔인하고
회한처럼 어리석고
대리석처럼 차디차고
어린아이처럼 연약한 이 사랑

그래서 나는 외친다.
네게 애원한다.
거기 있어라.

지금 있는 거기 있어라.
옛날에 있던 그 자리에 있어라.
움직이지 마라.
떠나지 마라.

〈토스카〉

왜 제게 이런 아픔을 주시나요

슬플 때는 더 슬픈 음악을 듣는다. 아플 때는 더 아픈 오페라를 감상한다. 내 슬픔이 그 슬픔으로 덮이도록, 내 눈물이 그 눈물로 닦이도록.

왜 내게 이런 일이! 살다 보면 터져 나오는 탄식이 있다. 오, 신이시여! 살다 보면 두 손 모으는 기도가 있다.

그럴 때면 오페라 〈토스카〉의 이 여인을 만난다. 수줍음 많은 소녀에서 무대 위 여왕이 됐다가 오페라의 전설이 돼 사라진 마리아 칼라스. 깊이를 알 수 없는 심연에서 끌어올린, 허공에 울려 퍼지는 마법의 목소리. 〈토스카〉에서 아리아 〈노래에 살고 사랑에 살고〉는 구슬프다. 칼라스의 목소리로 이 아리아를 들으면 시작할 때부터 비 냄새가 나기 시작한다. 천천히 가슴에 비가 내린다. 점점 세찬 폭우가 돼 쏟아진다.

〈토스카〉의 여주인공은 이른바 민폐 캐릭터다. 민폐 캐릭터

여주인공은 드라마에서도 존재하지만 오페라에서도 종종 등장하는데 토스카가 대표적이다. 나쁜 남자의 계략에 걸려들어 자신과 연인, 친구, 세 사람을 모두 죽음이라는 비극으로 몰고 간다.

선택의 순간에 자유로운 사람이 과연 몇이나 될까? 극한 상황에서 절망하지 않을 사람이 몇이나 될까? 처절할 때 울부짖지 않을 사람이 몇이나 될까?

토스카의 아리아를 들으면 눈물이 나는 이유는 그의 절규가 내, 당신의, 우리의 절규이기 때문이다. 〈노래에 살고 사랑에 살고〉, 〈별은 빛나건만〉 등 아리아의 제목만으로도 떠오르는 오페라 〈토스카〉는 드라마틱해서 그런지 극에 몰입한 주인공들이 무대에서 위험에 처하는 일이 종종 발생했다. 1920년대 뉴욕 공연에서는 토스카 역의 마리아 예리치가 너무 분노해서 스카르피아에게 실제로 칼을 꽂았고, 1965년 런던 공연 때에는 소프라노 칼라스의 머리카락에 촛대의 불이 옮겨붙은 일도 있었다.

카리스마 넘치는 프리마돈나 플로라 토스카가 무대에 오를 때마다 음욕에 젖은 눈빛을 던지는 이가 있다. 로마를 벌벌 떨게 하는 극악무도한 경찰청장 스카르피아다. 그러나 토스카는 이미 다른 사람을 사랑한다. 사랑하는 남자는 혁명

파 화가인 카바라도시다. 그는 성당 벽에 마리아의 초상을 그린다. 그림을 완성하고 보니 연인인 토스카의 모습과 묘하게 닮은 게 아닌가! 불경스러운 짓이라고 비난하는 성당지기 앞에서 카바라도시는 〈오묘한 조화〉를 노래한다.

그 부인을 그리는 동안 다만 내 생각은
토스카 그대 뿐.

마리아를 그리는 동안에도 연인인 토스카만 생각했으니 토스카의 모습을 닮을 수밖에 없다. 그때 감옥에서 탈출한 정치범인 안젤로티가 찾아온다. 카바라도시는 친구인 그를 별장 우물 속에 숨겨준 이유로 스카르피아의 부하들에게 붙잡힌다. 카바라도시가 모진 고문을 당하는 동안 토스카는 괴로워하며 스카르피아에게 얼마면 되냐고 묻는다. 그런데 스카르피아가 원하는 건 돈이 아니라 토스카와 보내는 하룻밤이었다.

토스카가 스카르피아의 요구를 들어줄 수 없어 갈등하는 사이 카바라도시가 사형장으로 향한다. 사형장으로 끌려가는 행진의 북소리가 토스카의 귓가에 들려온다. 카바라도시의 심장 고동 소리처럼 처절하게 들린다. 스카르피아는 고통스러워하는 토스카를 음흉하게 바라보며 웃는다. 토스카는 하늘을 향해 절규하듯 묻는다. "왜! 어째서!"

노래에 살고 사랑에 살고
내 영혼은 바른 길을 걸어왔어요.
불쌍한 사람들을 도와주었어요.
진실한 믿음으로 하느님께 기도했어요.
진실한 믿음으로 주의 제단에
꽃을 올려놨어요.
그런데 신께서는 왜 내게
이런 고통으로 보답하시나요?
반짝이는 별들처럼 아름다운 마음으로
신께 노래했어요.
그런데 왜 제게 이런 아픔을 주시나요?

토스카는 연인을 살리려고 비열한 요구를 들어주기로 결심한다. 스카르피아는 부하에게 지시한다. "가짜 총살형을 하라!" 토스카는 카바라도시와 함께 국외로 나갈 수 있는 통행증을 써달라고 한다. 토스카는 테이블에 있는 칼을 보고 떨리는 손으로 집는다. 통행증을 다 쓴 스카르피아가 욕정에 들떠 토스카를 끌어안으려는 순간 시퍼런 칼끝이 가슴에 박힌다. "이게 토스카의 키스다!"

사형장으로 달려간 토스카는 카바라도시에게 통행증을 보여주며 거짓 총살이 끝나면 같이 떠나자고 말한다. 카바라도시가 어떻게 된 일이냐고 묻자 토스카는 스카르피아를 죽였다고 털어놓는다. 카바라도시는 토스카의 손을 잡고 노래한다.

깨끗하고 부드럽던 손이
장미와 아이들을 만지고
죄인을 위해 기도하던 이 손이

성당의 종소리가 4시를 알린다. 사형을 집행하려고 병사들이 들어선다. 카바라도시는 새벽 별을 바라보며 〈별은 빛나건만〉을 처절하게 부른다.

떨리는 손으로 그의 베일을 젖히고
아름다운 얼굴을 들여다보네.
아, 이제 영원히 사라진 내 사랑의 꿈이여.
그 시간은 가버리고 절망 속에 나는 죽어가네.
나는 죽어가네.
지금처럼 더 살고 싶어 한 적이 있었던가.

장교의 칼이 아래로 떨어진 순간 일제히 발사되는 총탄. 담담한 얼굴로 병사들이 떠나기를 기다리는 토스카는 주위가 고요해지자 카바라도시를 향해 달려간다. 그런데 카바라도시는 피투성이가 된 채 쓰러져 있다. 어서 도망가자고 흔들어 봐도 그는 아무런 대답이 없다. 토스카는 스카르피아에게 끝까지 속았다는 사실을 깨닫고 울부짖는다.

스카르피아의 죽음을 알게 된 부하들이 우르르 몰려온다. 토스카는 달아나지만 더는 도망칠 곳도 없다. 결국 까마득한 성벽 아래로 몸을 던진다. 토스카의 마지막 외침이 하늘에 메아리친다. "스카르피아! 신 앞에서 만나요!"

고통은 인생의 숙명이라고 했던가. 그런데도 우리는 고통 앞에서 묻는다. "왜! 어째서! 내게 왜 이런 일이!" 착하게 살았다고 생각한 자신에게 상 대신 벌을 주는 것이냐며 절규한다. 공포탄인 줄로만 알았던 게 실탄이 돼 내 가슴을 관통할 때, 예기치 못한 고통이 나를 집어삼켜 네 발 짐승처럼 무릎 꿇릴 때 묻고 또 묻는다. "내가 무엇을 그렇게 잘못했나요!" 내게 닥친 불운의 이유를 묻고 또 찾는다. 진정 이게 나를 위해 준비된, 내가 마셔야만 하는 잔이란 말인가!

믿을 수 없어 두 눈을 비비고 고개를 내젓고 온몸을 뒤틀어 대다가 다 포기하고 싶어지는 그 순간. 고통에 나를 다 내어 주고 울부짖는 그 순간. 그 순간 내 손을 잡아줄 한 사람이 있다면, 고통으로 짓무른 손을 잡고 찬란했던 시절을 끄집어줄 사람이 있다면, 내 손을 잡고 한때 당신의 이 손은 '장미와 아이들을 만지고 죄인을 위해 기도하던 손'이었노라고 그러니 포기하지 말라고 응원하는 사람이 있다면 한 번 더 용기를 내서 그곳을 향해 나를 던질 수도 있을 것이다. 추락이 아니라 새로운 비상을 위해.

그래서 에밀리 디킨슨도 노래했나 보다.

내가 만일 한 마음의 미어짐을 막을 수 있다면
내 삶은 결코 헛되지 않으리.

〈박쥐〉
인생은 농담 같은 것

아스팔트 도로에 굴러다니는 신문지처럼 바람에 날아다니는 찢어진 얼굴들. 이게 현대인의 초상이라고 토머스 스턴스 엘리엇은 시를 썼다.

어디로 가는지도 모르게 빨리빨리 달려가다가 발 앞에 문득 연말이 닥치면 절감한다. 찢어져 흩어진 낙엽처럼 내 시간들이 흩어져 어디론가 가버렸다는 사실을.

윌리엄 셰익스피어는 빠른 세월을 원망했다. "시간은 야박스러운 술집 주인과 같다. 올 때는 호들갑스럽게 반긴다. 하지만 헤어질 때는 너무나 가볍게 악수를 청하고 만다."

연말이 되면 더욱 추위를 느끼는 이유는 아쉬운 시간 탓일까. 추우면 내복을 꺼내 입고 보일러의 온도를 높이면 되지만 몸으로 느끼는 추위보다 마음으로 느끼는 추위가 더욱 절실하다. 그런데 마음의 추위는 혼자서 달랠 수 있는 게 아니다. 가까이 있어 주고 이해하고 감싸주는 마음이 난로가 된다. 그리고 한바탕 깔깔 웃어넘기는 여유가 내복이 된다.

그래서일까. 해마다 12월 31일이 되면 세계의 오페라 극장들이 오페레타 〈박쥐〉를 공연한다. 오페레타는 오페라에 축소형 어미인 '-etta'가 붙은 것으로 작은 오페라를 말한다. 대사와 노래, 무용이 있으며 밝고 흥미로운 희극이 많다. 요한 슈트라우스 2세는 왈츠의 황제답게 오페라 무대를 무도회장으로 바꾸었다.

〈박쥐〉의 서곡에 맞춰 아름답게 쇼트 피겨를 하던 김연아 선수가 생각난다. 지중해 푸른빛 의상과 경쾌한 음악과 함께 미소 짓는 표정이 얼마나 잘 어우러지던지.

오페레타 〈박쥐〉는 왜 한 해의 마지막 날에 볼 수 있을까. 춤과 음악이 화려하고 유쾌하다. 대사들이 위트가 넘친다. 그래서 근심을 다 털어버리게 된다. 〈박쥐〉의 주제를 뭐라고 해야 할까. 도취 속의 망각이라고 해야 할까. 떠들썩하고 화려하고 농담 가득한 무대에 취하면 야속한 세월과 아픈 현실을 다 잊고 만다.

사람들은 연말이 되면 〈박쥐〉를 보러 오페라 공연장으로 간다. 이거야말로 완벽한 망년忘年이다. 어쩌면 박쥐는 상징적인 것인지도 모른다. 밤에만 다니다가 아침이 되면 거짓

말처럼 사라지는 박쥐. 우리 인생은 그렇게 하룻밤의 농담 같은 것인지도 모른다.

1874년 4월 5일 〈박쥐〉의 초연 날, 갑자기 주가가 폭락하면서 극장 분위기는 암울 그 자체였다. 그러나 이 오페레타는 관객들의 기분을 한결 밝게 만들었다. 그리고 고민과 두통을 머릿속에서 몰아내는 작품으로 큰 인기를 끌었다.

극 중 하녀 아델레는 슈트라우스가 아내 이름을 그대로 가져다 붙인 것이다. 〈박쥐〉에는 고리대금업자인 허풍쟁이 바람둥이 아이젠슈타인 남작, 남편의 재력만을 보고 결혼했으며 속물근성이 가득한 그의 아내 로잘린데, 연예계로 진출하려고 몸 로비를 불사하는 그들의 하녀 아델레가 있다.

아이젠슈타인 때문에 박쥐 박사라고 불리게 된 팔케는 자신을 웃음거리로 만든 자에게 복수하겠다고 선언한다. 팔케는 파티에 아이젠슈타인과 그의 아내 로잘린데, 하녀 아델레를 끌어들이기로 작정한다. 먼저 8일간의 구류를 판결받은 아이젠슈타인을 찾아가 감옥에 가기 전에 프랑스 귀족인 척 분장하고 파티에 참석하면 어떻겠냐고 유혹한다. 아이젠슈타인은 흔쾌히 초대에 응한다.

한편 하녀 아델레 역시 파티의 초대장을 받고 나서는 숙모

님이 위독하셔서 찾아봬야 한다고 여주인에게 거짓말을 한다. 로잘린데는 거짓말이란 게 빤히 보이지만 모른 척 허락한다. 남편이 갇힌 동안 옛 연인을 집으로 불러들여 밀회를 즐길 계획이다. 아이젠슈타인은 사실 파티에 가면서 감옥에 간다며 서둘러 집을 나선다. 아델레는 실은 파티에 가면서 숙모님 병문안에 간다며 로잘린데의 드레스를 몰래 챙겨서 밖으로 나간다.

이제 로잘린데만 집에 남았다. 기다렸다는 듯이 옛 연인 알프레드가 들어선다. 알프레드는 아이젠슈타인의 잠옷을 걸치고 로잘린데의 남편 행세를 하며 식탁에 차려진 만찬을 즐긴다. 이때 교도소장이 아이젠슈타인을 감옥으로 모셔가려고 찾아온다. 남작 지위에 걸맞은 대우를 해주려는 것이다. 알프레드는 어쩔 수 없이 잡혀간다. 로잘린데는 그가 남편이 아니라는 말을 차마 할 수 없다. 텅 빈 집에 홀로 남은 로잘린데도 파티장에 간다.

무도회가 한창인 그곳에는 오르가라는 아름다운 여배우가 주목을 받고 있다. 사실 그 여배우는 로잘린데의 드레스를 입은 아델레다. 때마침 등장하는 르나르 후작이라는 사람은 아이젠슈타인이다. 오르가의 얼굴을 이리저리 살펴본 르나르는 우리 집 하녀와 비슷하다고 말한다. 그러자 아델레가 아이젠슈타인을 조롱하는 노래를 부른다.

로잘린데도 파티장에 모습을 보인다. 아이젠슈타인은 헝가리 백작 부인으로 변장한 아내를 알아보지 못하고 추파를 던진다. 로잘린데는 시치미 뚝 떼고 그가 내미는 시계를 받아든다. 사람들은 샴페인에 취한 채 영원히 사이좋게 지낼 것을 다짐하며 합창한다.

아침이 되자 아이젠슈타인은 황급히 파티장을 빠져나가 서둘러 형무소에 도착하는데 아이젠슈타인이 이미 수감 중이라는 말을 듣고는 어안이 벙벙해진다. 대체 누가 자기 대신 갇혀 있단 말인가? 상황을 눈치챈 아이젠슈타인은 로잘린데를 추궁하기 시작한다. 로잘린데는 르나르에게서 받은 시계를 내보이고 더 큰 잘못을 누가 했냐며 맞선다. 지난밤 자신을 유혹한 백작 부인이 아내였다니! 아이젠슈타인은 그만 말문이 막힌다.

팔케가 찾아와 모든 게 자신의 장난이었다고 털어놓는다. 로잘린데는 '박쥐의 복수'라는 밥상에 슬쩍 숟가락을 얹는다. 알프레드와 만난 것도 사실 그 작전의 일부였다며. 로잘린데의 변명을 들은 아이젠슈타인은 오해했다며 아내와 포옹한다. 모든 사람이 마지막 건배를 하며 막이 내린다.

박쥐는 아이젠슈타인의 별명이 아니다. 가면무도회를 마치고 돌아가는 길에 박쥐 분장을 한 채 잠이 들었다가 그 모습을 많은 사람에게 들키고 만 팔케의 별명이다. 그날 아이 젠슈타인은 나비 분장을 했다. 그런데 어째서 이 오페레타의 제목은 '나비'가 아니라 '박쥐'일까?

미모의 여배우 오르가, 프랑스 귀족 르나르, 이름 모를 헝가리 백작 부인. 이름도, 직업도, 국적도 모두 거짓이다. 그렇게 서로 속인 인물들이 샴페인에 취해 허우적거린다.

아름다운 노랫말 대신 아무 의미도 없는 라, 라, 라 소리가 울려 퍼진다. 사이좋게 지내자며 날이 밝아올 때까지 즐겁게 춤추고 노래하지만 모든 게 한순간 농담이고 하룻밤 장난이다.

박쥐 분장을 한 팔케가 이런 말을 건넨다.

눈앞의 현실이 박쥐의 낮처럼 느껴질 때
어두컴컴한 동굴에
거꾸로 매달려 있는 것만 같을 때
한바탕 신나게 날갯짓할 수 있는
박쥐의 밤을 꿈꾸는 일
산다는 건 그런 것.
아침이면 다 잊힐지라도
시간의 무대 위에서 왈츠를 추는 밤

인생은 그런 것.
그래서 삶의 시간을 마치는 날
이런저런 춤을 추며 한바탕 잘 놀았다고
나쁜 기억은 이제 다 잊어도 좋다고
웃어보는 일
삶은 그런 것.

우리 인생이 다 그런 거 아닌가요?
그러니 너무 심각할 거 없어요.
굳은 얼굴을 펴고 그냥 웃어버려요.

세상을 살아가는 방법은 단 두 가지라고 한다. 이 세상을 지긋지긋한 곳이라고 여기거나, 이 세상을 그래도 살 만한 곳이라고 생각하거나. 둘 중에 어떤 방법을 선택할까. 한 해를 마감하는 생각 역시 두 가지다. 올해는 너무 지겨웠다고 여기거나, 힘들었지만 그래도 그 때문에 얻은 것도 많다고 인정하거나.

똑같은 상황이지만 받아들이는 사람에 따라서 빛이 될 수도 있고, 어둠이 될 수도 있다. 나를 성숙하게 했던 일들, 나를 행복하게 했던 사람들을 떠올리며 그래도 깔깔 웃어보기를. 팔케도 박쥐 분장을 하고 권하지 않던가.

〈마술 피리〉
나만의 마술 피리를 찾아서

계절과 계절 사이에는 환절기가 있다. 계절의 환절기를 건널 때 종종 감기에 걸린다. 환절기에 오는 감기는 지독하다.

청춘에서 어른으로 건너가는 기간에도 환절기는 존재한다. 사랑에도 환절기는 있다. 청춘에서 어른으로 건너가는 시기, 설렘에서 사랑으로 건너가는 시기, 그 성숙의 시기에 혹독한 시련이 온다. 계절의 환절기에 찾아오는 불청객 감기는 약으로 다스릴 수 있지만 청춘의 환절기, 사랑의 환절기에 찾아오는 시련은 무엇으로 달래야 할까.

시련의 소용돌이를 무사히 건너려면 손을 잡고 건네줄 무엇인가가 필요하다. 오페라 〈마술 피리〉에서는 마술 피리가 그 역할을 한다.

영화 〈아마데우스〉에서 모차르트가 그악스러운 장모에게 시달리는 장면이 나온다. 장모가 잔소리할 때 "아, 아, 아, 아"와 겹쳐서 흘러나오는 노래가 바로 오페라 〈마술 피리〉

에 나오는 〈밤의 여왕의 아리아〉다.

〈마술 피리〉는 모차르트가 죽기 두 달 전에 완성한 마지막 작품이다. 이 작품을 쓸 때 모차르트는 계속된 과로로 심신이 피폐했지만 살림이 어려워 뭐든 닥치는 대로 일해야 했다. 모차르트는 성공을 누리지 못했지만 친숙하고 재미있는 이야기 덕분에 오페라 〈마술 피리〉는 매번 매진된다.

타미노 왕자는 사냥하다가 큰 뱀에게 쫓긴다. 그는 밤의 여왕의 시녀들에게 도움을 받아 목숨을 구한다. 타미노는 그 일을 계기로 밤의 여왕과 만나게 된다. 밤의 여왕은 타미노에게 자라스트로가 납치한 딸 파미나를 구해달라고 부탁하며 마술 피리를 건넨다. 그 마술 피리를 불면 동물들도 춤을 출 수 있다고 했다.

타미노는 밤의 여왕이 붙여준 사냥꾼 파파게노와 함께 파미나를 구하려고 밤의 세계를 떠나 낮의 세계로 향한다. 자라스트로의 성에서 파미나를 찾는다. 이제 아름다운 공주님을 구하면 되는데 전혀 예상치 못한 사실이 밝혀진다. 파미나는 갇힌 게 아니라 보호받고 있었다. 악한인 줄로 알았던 자라스트로는 사랑과 용서를 노래한다.

이 성스러운 전당에서는

복수 같은 것을 생각하는 사람은 없다.
여기에 들어오는 사람은
누구나 사랑이 의무임을 알게 된다.
누구나 적을 용서할 줄 알아야 한다.

선과 악, 아군과 적군이 뒤바뀐 혼란의 와중에 밤의 여왕이
딸을 찾아온다. 그리고 파미나에게 칼을 내밀며 자라스트
로를 죽이라고 명령하며 〈밤의 여왕의 아리아〉를 부른다.

네가 자라스트로를 죽이지 않으면
너는 더는 내 딸이 아니다.

너와 나는 영원히 의절할 것이고
너는 내게 버림받게 될 것이다.

어머니의 뜻을 따를 수가 없는 파미나는 그 칼로 자신의 목
숨을 끊으려 한다. 그때 나타난 세 소년은 타미노가 당신을
사랑한다고 전한다. 타미노는 파미나를 구하려고 침묵의
시련을 견딘다. 사랑하는 여인 파미나에게 인사조차 건넬
수가 없다. 사랑의 힘과 마술 피리의 도움으로 타미노와 파
미나는 불의 시련과 물의 시련을 함께 헤쳐 나간다.

한편 끝까지 복수를 외치던 밤의 여왕은 벼락을 맞고 쓰러

진다. 세 가지 시련을 모두 이겨낸 타미노와 파미나 앞에 찬란한 태양이 떠오른다. 자라스트로가 두 사람을 축복하며 막이 내린다.

자라스트로의 세계, 그러니까 이성의 세계로 들어가는 시험을 치르려면 마술 피리의 도움을 받아야 한다. 내게 마술 피리는 무엇일까. 간절히 원하는 꿈으로 향한 그 문을 열게 하는 마술 피리는 무엇일까.

성장기의 아이들이 뼈가 빨리 자라면서 앓는 성장통처럼 마음에도 성장통이 있다. 마음의 키가 자라려면 그 고통을 견뎌야 한다.

애써 피운 꽃잎을 떠나보내고 여름의 태양을 견딘 후에야 열매 한 알이 여무는 나무처럼 충분히 무르익기까지는 힘든 과정이 따른다. 이제까지 믿었던 것들의 실체와 마주할 수도 있고, 선과 악이 뒤집히는 혼란을 겪을 수도 있다. 정신도 사춘기의 터널을 건너야 성숙이 찾아온다.

타미노와 파미나는 그런 시련을 이겨냈다. 그들에게는 마술 피리가 있었다. 그들의 마술 피리는 사랑이었다. 내 경우라고 다를까. 당신의 경우라고 다를까. 마술 피리 같은 사랑, 어디에 있을까.

〈리골레토〉
내 목숨도 그대 것이 되리

작자 미상의 「아버지란 누구인가」라는 글이 있다. "어머니의 가슴은 봄과 여름을 왔다 갔다 한다. 아버지의 가슴은 가을과 겨울을 왔다 갔다 한다. 여자는 약하지만 어머니는 강하다. 남자는 강하지만 아버지는 약하다."

김현승 시인은 시 「아버지의 마음」을 썼다. "아버지의 눈에는 눈물이 보이지 않으나, 아버지가 마시는 술에는 눈물이 절반이다."

자식을 위해서라면 그 어떤 일도 할 수 있는 아버지. 한 인간으로만 보면 용납할 수도 없고 이해할 수도 없다. 하지만 아버지라고 보면 용서할 수밖에 없는 남자가 있다. 그 남자는 추악한 짓을 다 하고 세상사에 약삭빠르다. 그러나 그도 한 사람의 가여운 아버지다. 그래서 그를 미워할 수 없게 만드는 이야기가 있다. 오페라 〈리골레토〉다.

〈리골레토〉에는 익숙한 노래가 참 많다. 특히 아리아 〈여자의 마음〉은 누구나 흥얼거린다.

바람에 날리는 갈대와 같이
여자의 마음은 변해요.
달콤한 속삭임 웃음 띤 얼굴
눈물을 흘려도 믿을 수 없어요.
바람에 날리는 갈대와 같이
여자의 마음은 변해요.
변해요. 아, 변하고 말아요.

이 아리아에서는 여자는 믿을 수 없다고 하지만 여주인공 질다는 지고지순한 사랑을 한 남자에게만 바친다. 오히려 주인공 만토바 공작이야말로 이 여자, 저 여자 마음을 옮겨 다니는 남자다.

〈리골레토〉는 빅토르 위고의 『환락의 왕』을 원작으로 하고 있다. 군주와 귀족들에 대해 도발적으로 비판하는 내용이다. 그 당시 그런 비판 의식 때문에 많은 검열의 잣대를 통과해야 했다. 그래서 왕을 공작으로 바꾸고, 배경을 이탈리아의 만토바로 변경하고, 제목도 〈저주〉에서 〈리골레토〉로 고치고 나서야 무대에 올릴 수 있었다. 그래서일까. 위고는 오페라〈리골레토〉를 감상하고 나서 말했다. "이게 내 작품 이라고는 믿을 수 없다."

난봉 행색을 일삼은 만토바 공작에게는 하수인 리골레토가 있었다. 리골레토는 꼽추에 다리까지 전다. 그는 만토바의 꼭두각시다. 만토바가 원하는 여자를 납치하고, 그 여자들의 남편이 항의하면 협박도 서슴지 않는다. 나쁜 일을 도맡아 하는 리골레토에게도 소중한 딸 질다가 있다. 애지중지 키운 딸의 존재를 호색한 만토바가 알까 봐 딸을 집에 꼭꼭 숨겨놓고 금이야 옥이야 키운다.

질다는 교회에서 만난 잘생긴 청년을 사랑하고 있다. 그런데 그 청년은 사실 만토바다. 만토바는 호색한답게 가난한 학생으로 행세하면서 질다를 유혹한다. 질다는 만토바가 알려준 가짜 이름을 되뇌면서 노래한다.

생각할 때마다 사무치는 내 마음은
언제나 그대에게 날아가요.

한편 리골레토에게 앙심을 품은 귀족들은 질다를 납치해 만토바에게 넘긴다. 리골레토는 만토바의 침실에서 나오는 질다를 보고 눈물 흘리며 절규한다. "아, 아! 공작에게 벼락과 같은 복수를 내리겠다!" 리골레토는 이를 악물고 살인 청부업자를 찾아간다. 살인 청부업자의 계략대로 만토바는 마달레나의 미인계에 넘어가 여관으로 들어선다. 그런데 미처 예기치 못한 일이 벌어지고 만다.

억수비가 내리는 늦은 밤, 살인 청부업자는 외딴 여관으로 들어설 나그네를 기다린다. 그때 갑자기 문이 열리고 한 남자가 들어선다. 살인 청부업자는 기다렸다는 듯이 단번에 그의 목숨을 끊는다. 그런데 그 나그네는 남장한 질다였다. 질다가 만토바를 위해 자신의 목숨을 내놓은 것이다. 살인 청부업자는 나그네를 자루에 담아 리골레토에게 건네고 잔금을 받는다.

리골레토는 복수를 이뤘다며 환희에 젖는다. 그 순간 저 멀리에서 만토바의 노랫소리가 들려온다. 그럼 이 자루에 들어 있는 자는 누구란 말인가! 리골레토는 다급히 자루를 열어본다. 그 안에서 죽어가는 자신의 딸을 발견하고는 넋을 놓는다. "다 제 잘못이에요. 그를 사랑하기 때문이에요."

리골레토는 잘못을 비는 질다를 끌어안고 오열한다. 질다는 아버지에게 마지막 말을 남기고 숨을 거둔다. "하늘나라에 계신 그리운 어머니 곁에 가서 불쌍한 아버지를 위해 기도할게요." 리골레토는 고통을 견디지 못해 쓰러진다.

리골레토는 만토바의 권력에 기생해 밑바닥에서 꿈틀거리며 살아왔다. 난봉꾼의 앞잡이 노릇을 하면서 세 치 혀로 사람들의 마음을 죽이는 악한이었다. 그러나 그에게도 소중한 존재가 있다. 절망의 나락으로 떨어지는 순간 증오와 분노의 틈바구니에서 마지막으로 튀어나온 건 딸을 향한 사랑이었다. 판도라의 상자 속에 섞여 있던 희망 한 조각처럼 광대의 가장 깊숙한 곳에는 사랑이 있었다.

질다는 달의 뒷면처럼 언제나 가려진 아버지의 실체를 마주하게 된 것이다. 죽기 전에 약속한다. 하늘나라에 가서 불쌍한 아버지를 위해 기도하겠노라고. 리골레토는 많은 사람에게 손가락질당하는 신세였지만 오직 한 사람 딸에게만큼은 자랑스러운 아버지이고 싶었다.

질다의 기도가 리골레토를 구원하기를 바라게 된다. 별 볼일 없는 한 인간이, 위대하지도 않고 고결하지도 않은 한 인간이 마지막 보루처럼 품고 있던 사랑, 그 사랑이 부디 그를 구원하기를 바라게 된다.

아버지는 언제나 공룡처럼 거대하고 힘세고 강한 존재일 것만 같다. 하지만 아버지는 이제 강하지도 않고, 힘세지도 않고, 용감하지도 않은 비굴함과 연약함이 묻어 있다. 아버지의 그 비굴은 어디서부터 오게 됐을까. 자식을 위해서라면 마지막 남은 자존심마저 버린다. 그런 아버지에게 기성세대라고 비웃고 싶었던 적은 없었을까. 속물이라고 마음에서 밀어냈던 적은 없었을까.

〈탄호이저〉

저녁 별은 어둠이 찾아와야

사랑하는 사람들은 그 사랑을 잃고 싶어 하지 않는다. 그러나 운명은 어떡하든 사랑을 이별의 강 앞에 데려다 놓는다. 마음이 변해 이별하든, 세상이 갈라놓아 이별하든, 목숨이 다해 이별하든, 사랑의 끝은 이별이다. 한 사람은 떠나고 한 사람은 남는다.

돈을 잃으면 자유의 일부 상실, 건강을 잃으면 생활의 상실, 사랑을 잃으면 존재 이유의 상실이라던가. 그런데 사랑하는 이는 잃었지만 절대 사랑을 잃지 않는 이도 있다. 사람은 떠나도 사랑은 남는다. 그 사랑은 사람이 소멸하는 그 순간까지 존재의 이유를 부여한다.

오페라 〈탄호이저〉에는 그런 사랑을 하는 남자가 나온다. 이 오페라는 바그너가 직접 썼다. 대본 작가를 두지 않고 작곡가가 직접 대본을 쓴 건 바그너가 처음이다.

바그너는 철학가이기도 했다. 철학에 대한 논문을 썼고, 프리드리히 니체 등과 교류하면서 철학과 사상을 음악 속에 녹여냈다. 독일인 중에는 바그너의 오페라 마니아가 많다. 그 바그네리안들은 매해 여름이면 독일 바이로이트에서 열리는 바그너 페스티벌에 모여든다. 7월 말에서 8월 말까지 바그너의 오페라만 열 편 정도 공연하는 여름 오페라 축제다. 사는 동안 한 번이라도 바그너 축제에 참가하려고 몰려든 사람들로 입장권을 구하기 어려울 정도다.

특히 오페라 〈탄호이저〉는 서곡도 유명하지만 〈입장 행진 곡〉, 〈순례자의 합창〉, 〈저녁 별의 노래〉 등 친숙한 멜로디가 유난히 많다. 그리고 스토리도 바그너의 오페라 중에 가장 단순해서 다가가기 쉽다. 바그너는 '낭만적 오페라'라고 부제도 붙였다.

바그너는 이 작품을 위해 두 가지 소재를 택했다. 중세 기독교 시대에 육욕적인 베누스의 세계에 몸을 담았던 남자 탄호이저의 전설, 그리고 중세 기사이자 음유 시인인 남자들이 모여서 시와 노래를 겨루었다는 노래 경연 대회의 전설. 이 두 가지 전설을 엮어 오페라 〈탄호이저〉를 만들었다.

어두운 동굴 속 관능적이고 퇴폐적인 분위기가 나는 그곳에서 관능과 미의 여신 베누스와 함께 향락에 빠져 사는 기사 탄호이저가 있다. 그런데 탄호이저는 이제 이런 환락이 즐겁지 않다. 탄호이저는 베누스의 동굴을 떠나고 싶다. 베누스는 장담한다. "갈 테면 가라. 하지만 떠나더라도 결국은 돌아올 거야."

탄호이저는 지상의 세계로 돌아간다. 그의 연인 엘리자베트는 탄호이저가 갑자기 사라진 이후 노래의 전당에도 발길을 끊었다. 탄호이저의 귀환 소식을 전해 듣고 오랜만에 노래 경연 대회에 모습을 보인다. 엘리자베트는 탄호이저와 다시 만난 건 기적이라고 노래한다. 그동안 남몰래 엘리자베트를 연모한 볼프람은 자신의 사랑은 영원히 응답받지 못하리란 것을 절감한다.

영주가 노래 경연 대회의 주제는 사랑의 본질이라고 발표한다. 금잔 속 쪽지를 뽑아 순서를 정하고, 경연자들이 차례차례 일어나서 고귀하고 정신적인 사랑을 노래한다. 사랑은 깨끗한 샘물이라고, 그러니 입술을 대면 그 기적 같은 힘이 사라질 것이라고.

모든 사람이 뜨겁게 박수를 치는데 탄호이저가 불쑥 끼어든다. "사랑의 본질은 인간의 본능에 순응하는 데 있습니다." 탄호이저의 주장에 반발해 기사들이 칼을 뺀다. 고결한 사랑을 모욕한 자에게 결투를 청한다면서. 하지만 탄호이저는 개의치 않고 베누스를 찬양하는 노래를 부른다.

사랑이 무엇인지 모르는 불쌍한 사내들
너희도 베누스베르크에 가봐야 한다.

탄호이저가 금기를 깨고 베누스의 세계에 발을 들였다는
사실이 드러나자 노래 경연장 안이 발칵 뒤집힌다. 이때 엘
리자베트가 뛰어들어 탄호이저의 목숨을 살려달라고 애원
한다. 조카딸인 엘리자베트의 간청에 마음이 약해진 영주
는 탄호이저에게 구명의 기회를 준다. "로마로 가서 교황의
사면을 받아오라." 탄호이저는 순례자들과 함께 속죄의 길
을 떠난다.

시간이 흐르고 엘리자베트는 탄호이저의 구원하려고 간절
히 기도한다. 그러나 로마에서 돌아온 순례자들의 행렬 속
에 탄호이저는 보이지 않는다. 실의에 빠진 엘리자베트는
마지막 기도를 올린다. "그의 죄만 용서하신다면 제 목숨
을 가져가셔도 좋아요." 볼프람은 엘리자베트의 죽음이 얼
마 남지 않았음을 예감하며 〈저녁 별의 노래〉를 부른다.

아, 내 다정한 저녁 별아.
나는 언제나 밝은 인사를 보낸다.
그가 네 곁을 지날 때면
그를 배신하지 못하는 한 남자의 인사를
네가 대신 전해다오.

천국의 천사가 되기 위해
지상에서 그가 사라질 때까지.

탄호이저는 뒤늦게 초췌한 몰골로 나타난다. 볼프람 앞에서 자신의 여정을 털어놓는다. 맨발로 자갈과 가시밭 위를 걸어 로마로 갔지만 교황은 끝내 자신의 죄를 사하지 않았다는 것이다. "교황의 지팡이에서 꽃이 피고 잎이 돋지 않는 한 구원받을 수 없다."

낙심한 탄호이저는 다시 베누스의 동굴로 돌아갈 생각을 한다. 기다렸다는 듯이 베누스가 나타나 유혹의 손길을 뻗는다. 탄호이저를 간곡히 붙잡던 볼프람이 놀라서 소리친다. "엘리자베트!" 저만치에서 다가오는 엘리자베트의 장례 행렬이 보인다. 이때 한 무리의 순례자들이 꽃이 피고 잎이 돋은 교황의 지팡이를 들고 나타난다.

"순결한 엘리자베트가 당신의 속죄를 위해 목숨을 바쳤기에 당신은 구원받았다."는 합창이 울려 퍼진다. 모두 기적을 찬양한다. 드디어 구원을 얻었지만 기쁨 대신 슬픔이 탄호이저의 심장을 비틀어 짠다. 탄호이저는 결국 엘리자베트의 관 앞에 쓰러져 숨을 거둔다.

남몰래 엘리자베트를 연모한 볼프람은 탄호이저를 구원하

기 위해 기도하는 엘리자베트를 바라보며 하늘에 외친다. 그는 단 한 가지만을 바란다. 엘리자베트의 기도를 들어달라고. 볼프람은 다른 남자를 사랑하는 엘리자베트의 사랑을 오히려 기도한다. 탄호이저가 구원받아 엘리자베트에게로 돌아온다면 자신에게는 희망 한 줌조차 남지 않을 게 분명한데도 볼프람은 그렇게 기도한다. 오직 엘리자베트의 소원을 들어달라고.

저녁 별은 환한 낮에는 보이지 않는다. 어둠이 찾아와야 비로소 모습을 드러낸다. 아직 깜깜한 밤도 오지 않아 빛을 발할 수는 없지만 반짝반짝 온 힘을 다해 빛을 밝히는 저녁 별. 누군가의 밤을 조금이라도 밝히려고, 누군가의 슬픔을 조금이라도 달래려고 반나절을 꼬박 기다려 가장 신선한 빛을 보내는 저녁 별. 볼프람의 사랑은 저녁 별을 닮아 있다.

저녁 별을 닮은 사랑은 내 기쁨보다 사랑하는 이의 행복을 더 기원하는 사랑이다. 저녁 별을 닮은 사랑은 가지려는 사랑이 아니다. 그저 간직하는 사랑이다.

〈노르마〉
사랑을 속일 수 없다

독일 시인 프리드리히 실러는 말했다. "희망이 없는 사랑을 하는 자만이 사랑을 안다."

어쩌면 모든 사랑은 다 희망이 없다. 어쩌면 모든 사랑은 다 이뤄질 수 없다. 술을 마시면 언젠가는 깨어나는 것처럼 사랑은 취했던 순간에서 언젠가는 깨어난다. 미래의 희망 따위는 없다. 이뤄지기를 바란다는 것도 부질없다.

사람들이 다 돌을 던진다고 해도, 그 사랑에 목숨을 건다고 해도, 가진 것 다 잃어버린다고 해도 도저히 거부할 수 없는 사랑이 이 시대에도 존재할까? 절절한 사랑이 드문 시대, 그래서 멜로드라마가 어려워진 시대에 매혹적인 사랑 이야기를 노래하는 오페라가 있다.

오페라 〈노르마〉는 우리 마음에 아련히 묻어둔 사랑의 노스탤지어를 선물한다. 이 오페라는 유로화가 통용되기 전의 이탈리아 지폐에 유일하게 그려졌다. 그리고 이탈리아 지폐

에 있는 단 한 명의 작곡가 얼굴은 이 오페라를 작곡한 빈첸
초 벨리니다.

벨리니는 "만일 내 배가 바다에 빠져 모든 것을 다 잃어버
린다고 해도 〈노르마〉 하나만은 건지고 싶다."고 말할 정도
로 〈노르마〉에 대한 애착이 깊었다. 벨리니는 서른넷이라는
짧은 생애를 살면서 오페라 열 편을 남겼는데 오페라의 주
역을 맡은 거의 모든 여가수와 사랑에 빠졌다.

갈리아 지역에 파견된 로마인 총독 폴리오네가 친구에게 비
밀을 털어놓는다. 사랑해서는 안 될 여인과 내연의 관계를
가져왔으며 두 아이까지 두었다는 것이다. 그의 연인은 바
로 드루이드 교도들이 신성시하는 여제사장 노르마다. 순결
을 지켜야 하는 여사제가 남자와, 그것도 조국의 압제자와
사랑에 빠졌다니! 그런데 폴리오네는 노르마를 저버리고
젊은 여사제인 아달지사와 함께 로마에서 살리라는 단꿈에
젖어 있다.

노르마는 폴리오네의 마음이 변했다는 것을 모른다. 로마
에 대항해 싸워야 한다고 외치는 군중을 가로막으며 달의
여신에게 평화를 바라는 기도를 올린다.

진정하게 해주세요. 여신이여.

가라앉게 해주세요. 불타는 마음을.
뜨거운 당신의 사람들을
부드럽게 감싸주세요.

한편 아달지사는 함께 로마로 떠나자는 폴리오네 때문에
머릿속이 복잡하고 가슴속이 답답해 평소에 믿고 따르는
노르마를 찾아가 괴로운 심정을 토로한다. 노르마는 아달
지사의 고백을 들으며 동질감을 느낀다. 자신 또한 여사제
로서의 양심과 여인으로서의 연심 사이에서 번민하기 때문
이다. 노르마는 아달지사를 위로하며 여자로서 지금의 사
랑에 충실하라고 조언한다. 그리고 묻는다. "그 남자가 누
구입니까?" 아달지사가 대답한다. "로마인입니다." 그때 폴
리오네가 나타나고 아달지사의 손끝이 그를 가리킨다. 노
르마는 그제야 모든 것을 알게 되고 분노에 사로잡힌 채 폴
리오네를 향해 소리친다. "더러운 자! 이 여자까지 네 독이
빨로 물었는가?"

모든 정황을 알게 된 아달지사는 아이들의 어머니에게 돌
아가라고 폴리오네를 설득하겠다고 말한다. 노르마는 마지
막 기대를 걸고 아달지사가 기쁜 소식과 함께 나타나기를
기다린다. 그러나 폴리오네는 끝내 마음을 돌리지 않는다.

노르마는 아달지사의 노력마저 허사로 끝나자 증오를 가득

담아 징을 친다. 그때까지 필사적으로 막아온 전쟁의 시작을 알리는 것이다. 출전의 날만을 기다린 전사들이 함성을 지르며 모여든다. 이때 한 로마인이 붙잡혀온다. 그는 아달지사를 데려가려고 신전에 숨어든 폴리오네다.

드루이드 교도들의 지도자인 오르베소는 그자를 죽여 전승을 기원하는 제물로 바치자고 한다. 노르마는 폴리오네를 찌르려고 단도를 받아든다. 흥분한 군중들이 어서 죽이라고 외치는데 노르마가 그자와 할 이야기가 있다며 군중을 물러가게 한다. 한 번 더 폴리오네를 설득하려는 것이다. 그러나 폴리오네는 단호히 외친다. "사랑을 속일 수는 없다. 그러니 나를 찔러라!" 노르마는 폴리오네를 향해 겨눈 단도를 거두고 협박한다. "그렇다면 당신의 눈앞에서 아달지사도 제물로 바치겠다."

다시 사람들을 불러 모은 노르마는 처형식을 준비하라고 명령한다. "여기 계율을 어기고 몸을 더럽혀 신성을 범한 여사제가 있다!" 사람들은 노르마의 다음 말이 떨어지기를 기다린다. "그건 바로…" 마침내 그 여사제의 이름이 성난 군중들의 발밑으로 내던져진다. 내뱉은 이름은 아달지사가 아니었다.

노르마는 폴리오네를 향한 사랑을 털어놓으며 그 사랑의

결실인 두 아이만은 헤치지 말아달라고 부탁한다. 그러고는 장작더미 위로 한 발, 한 발 올라간다. 한쪽에서 지켜본 폴리오네가 노르마를 뒤따른다. 숭고한 사랑에 마음이 움직인 것이다. 두 사람은 불길이 타오르는 화형대 위에서 비로소 하나로 묶이게 된다.

여사제로서의 계율을 어기고 한 남자와, 그것도 조국의 압제자와 사랑에 빠진 노르마는 자신이 어떤 사랑을 했는지를, 그리고 자신이 어떤 사람인지를 수많은 사람 앞에서 털어놓는다. 그 고백이 파장을 일으켜 끝내 자신을 덮치리란 것을 알면서도 노르마는 사랑의 비겁한 해피엔딩 대신 숭고한 새드엔딩을 선택했다.

누군가 내 사랑을 혹은 내 인생을 몇 줄로 요약해 많은 사람 앞에서 알린다면 그 주인공이 바로 나라고 당당히 나설 수 있을까. 뒤따라올 결과에 상관없이 솔직할 수 있을까. 돌을 던진다고 해도 그 사랑은 내 사랑이라고 외칠 수 있을까. 다 잃는다고 해도 그 인생은 내 인생이라고 말할 수 있을까.

내가 가는 인생, 잘 걸어가는 걸까. 내가 하는 사랑, 잘 품는 걸까.

⟨메피스토펠레⟩
시간을 멈추고 싶을 만큼

"인생에서 어느 한 순간으로 딱 한 번 돌아갈 수 있다면 어느 날로 돌아가고 싶습니까."

그 시간을 꼽으려니 빗소리부터 호출된다. 어머니는 비 오는 날이면 처마 밑에 연탄 화덕을 가져다 놓고 어린 네 딸을 쪼르르 앉혀놓고는 도넛을 구우셨다. 밀가루 반죽을 뚝 떼어주면서 마음대로 모양을 만들라고 하면 우리는 반달 모양도 만들고 별 모양도 만들면서 까르르 웃었다. 주룩주룩 내리는 빗소리와 자글자글 도넛 굽는 소리, 비릿한 비 내음과 고소한 도넛 익는 냄새가 어우러지는 동안 어머니는 "비가 잘도 내리시네."라고 말씀하시며 먼 곳을 바라보셨다.

참 예쁜 우리 엄마, 참 아름다운 비, 참 맛있는 도넛, 참 즐거운 네 자매. 죽을 때 가져갈 딱 한 가지 기억만을 고르라고 하면 나는 그 시간을 꼽겠다.

오페라 ⟨메피스토펠레⟩는 죽을 때 가져가고 싶은 그 순간을, 딱 한 번 돌아가고 싶은 그 순간을 생각하게 한다. 이 오페라는 요한 볼프강 폰 괴테의 『파우스트』가 원작이지만 주인공은 파우스트 박사가 아닌 메피스토펠레다.

아리고 보이토는 『파우스트』에서 영감을 얻은 작곡가 중에서 유일하게 지식을 추구하는 남자의 장대한 모험까지도 다루려고 했다. 괴테를 너무도 좋아해서였을까. 이 오페라를 처음에 만들었을 때와는 달리 많은 시간이 흐른 후 어느 부분을 삭제하거나 수정했다.

천상에서 신비스러운 성가가 울려 퍼진다. 천사들의 합창이다. 그때 시니컬한 스케르초가 누군가의 출현을 알린다. 뒤이어 악마 메피스토펠레가 등장한다. 메피스토펠레는 파우스트 박사도 유혹할 수 있다고 장담하면서 신과 내기를 한다. 메피스토펠레는 파우스트의 서재로 숨어든 후 자신이 누구인지를 노래한다.

나는 악마.
별이건 꽃이건 모두 부정하는 존재지.
내 소망은 무無.
창조물의 완전한 파괴를 꿈꾸지.

메피스토펠레는 파우스트에게 제안한다. "지상에서는 내

가 당신의 종이 될 테니 저승에서는 당신이 내 종이 되시오." 마음이 흔들린 파우스트는 메피스토펠레에게 한 가지 조건을 단다. "제발 시간을 멈춰달라는 외침이 튀어나올 만큼 진정으로 아름다운 순간을 맛보게 해주시오. 그렇다면 당신 뜻대로 해도 좋소." 그렇게 해서 파우스트는 메피스토펠레의 망토를 타고 여행을 떠난다.

청년 엔리코가 된 파우스트는 마을의 처녀와 사랑에 빠진다. 메피스토펠레는 두 사람이 오붓한 시간을 보낼 수 있도록 이웃 여인을 거짓으로 유혹하며 시간을 벌어준다. 파우스트는 집으로 돌아가야 한다는 마르게리타를 붙잡으며 오늘 밤 당신의 집으로 가도 되냐고 묻는다. 집에 어머니가 계신다고 말하는 마르게리타에게 무언가를 내민다. "이것으로 어머니를 재워요." 그에게 반한 마르게리타는 순순히 수면제를 받아든다. 비밀스러운 만남을 약속한 두 사람은 기쁨 속에서 노래를 부른다.

악마들의 회합이 벌어지는 산속. 억지로 끌려와 빙빙 돌며 춤추던 파우스트의 눈에 마르게리타의 환영이 보인다. 꿈결 같은 밤을 같이 보낸 여인이 쇠사슬에 묶인 채 창백한 얼굴로 서 있다. 놀란 파우스트는 마르게리타가 있는 곳으로 데려다주라고 부탁한다. 마르게리타는 감옥에 갇혔다. 아이를 물에 던져 죽이고 어머니를 독살했다는 게 죄목이다.

주위는 차갑고 감옥은 어두워.
조각조각 찢긴 내 마음은
숲속의 참새처럼 어디론가 사라지네.
아, 불쌍히 여기소서!

파우스트가 마르게리타 앞에 나타난다. 파우스트는 잘못을 빌며 먼 곳으로 도망가 같이 살자고 말한다. 메피스토펠레는 해가 뜨니 서두르라고 재촉한다. 마르게리타는 최후의 날이 밝아오고 있음을 느낀다. 파우스트의 청을 마다하고 신에게 기도를 올리며 숨을 거둔다. "제 죄를 용서해주세요!" 파우스트는 메피스토펠레에게 떠밀려 자리를 뜬다. 하늘에서 마르게리타는 구원받았다는 합창이 울려 퍼진다.

파우스트와 메피스토펠레는 아름다운 순간을 찾아 그리스에 다다른다. 그곳에서 트로이 전쟁의 불씨가 된 희대의 미녀 엘레나를 만난다. 파우스트는 엘레나의 아름다움에 반해 구애한다. 엘레나는 파우스트의 마음을 받아들이고 두 사람은 끌어안은 채 사랑의 신비로움을 찬양한다.

파우스트와 메피스토펠레는 다시 서재로 돌아온다. 파우스트는 풋풋한 사랑과 농익은 사랑을 모두 맛보고 돌아왔지만 그 어느 순간도 완벽하지는 않았다고 한탄한다. 지쳐버린 파우스트를 메피스토펠레가 또다시 유혹한다. "이번에야말로 진정한 기쁨을 누리러 갑시다."

메피스토펠레가 망토를 펼쳐들며 파우스트의 손을 잡아끄는데 천사들의 합창이 들려온다. 그 순간 파우스트는 전율하며 소리친다. "멈추시오!" 그 순간! 마침내 진정으로 아름다운 그 한 순간을 본 것이다. 파우스트는 사탄으로부터 구원해달라는 기도를 남기고 죽음에 이른다. 천상에서 노랫소리가 울려 퍼진다. "너는 구원받았다." 메피스토펠레는 패배를 인정하고 지옥으로 내려간다.

천사들의 노랫소리가 아름다웠기 때문일까. 더는 악의 손길에 끌려가지 않겠다고 결심한 순간! 바로 그 순간이 진정으로 아름답게 느껴진 건 아닐까. 내 생의 가장 아름다운 순간은 언제일까. 지금 이 순간이 인생의 가장 아름다운 때 화양연화. 지금 이 순간이 나중에 그토록 돌아가고 싶은 바로 그때다.

가버린 과거는 히스토리, 다가올 미래는 미스터리. 그 시간들은 되돌아갈 수 없고, 알 수 없다. 그러니 지금 이 순간 행복해야 한다. 사랑해야 한다. 지금 이 순간만이 온전히 내 시간이다.

〈발퀴레〉
당신은 봄이군요

시오노 나나미의 『로마인 이야기』에는 이런 구절이 나온다. "냉철하지만 냉혹한 사람은 되지 않겠다."

냉철한 것과 냉혹한 건 엄연히 다르다. 냉철한 건 생각이 날카롭고 이성이 발달한 것을 말한다. 하지만 냉혹하다는 건 머리가 아니라 마음이 차갑다는 것을 말한다.

마음이 차가운 사람은 세상을 비웃는 사람이다. 그리고 연민이나 동정심이 없는 이기적인 사람을 말한다. 마음이 차가운 사람은 작은 성공은 할 수 있어도 큰 성공은 누리지 못한다. 왜냐하면 그 어떤 성공이든 거기에는 인간이 있어야 하기 때문이다.

오페라 〈발퀴레〉는 연민이라는 게 뭣인지, 타인을 향한 동정심으로 자신을 희생하는 게 어떤 것인지 생각하게 한다. 이 오페라의 음악은 유명하다. 영화 〈지옥의 묵시록〉에는 이 오페라 3막의 전주곡인 〈발퀴레의 기행〉이 흐른다. 미군

헬리콥터 부대가 해안가에 무차별 폭격을 가하는 바로 그 장면에 흐르는 음악이다.

이 오페라는 북유럽 신화를 바탕으로 했는데 4부작으로 이뤄진 연작 오페라 〈니벨룽겐의 반지〉 중에서도 제일 흥미진진하고 박진감이 넘치는 작품이다. 바그너는 암벽 타기를 즐겼다. 그 취미는 〈발퀴레〉의 무대 배경인 스위스 알프스 산맥의 암벽 세계를 구상하는 데 도움이 됐다.

폭풍우 치는 밤, 상처를 입은 한 남자가 외딴 집에 들어선다. 지글린데는 지쳐 쓰러진 그에게 물을 먹인다. 정신을 차린 사내는 떠나려고 한다. 지글린데는 그를 붙잡는다. 사내는 대답한다. "내가 가는 곳에는 늘 불행이 따라옵니다. 여기 있으면 당신 집에도 불행이 올 것입니다." 그러면서 그는 고뇌를 뜻하는 베발트가 자신의 이름이라고 밝힌다.

이윽고 지글린데의 남편 훈딩이 들어선다. 집안에 있는 낯선 남자를 의심의 눈초리로 살펴본다. 그런데 자신의 아내와 놀랍도록 닮은 게 아닌가. 베발트는 이 외딴 곳까지 쫓겨오게 된 사연을 털어놓는다. 원하지 않는 결혼식을 올리게 된 여인을 구하려다가 그만 그의 친척들을 죽이고 말았다는 것이다. 훈딩은 이야기를 듣고 나서 분노에 찬다. "우리 집안의 결혼식을 엉망진창으로 만들고 친척들의 목숨까지 앗아간 살인자가 바로 네놈이었구나." 날이 밝는 대로 결투하자며 무기를 준비하라고 외친다.

혼자 남은 베발트는 깊은 고뇌에 빠진다. 당장 어디서 무기를 구한단 말인가. 지글린데는 남편을 수면제로 재우고 베발트에게 이야기를 들려준다. 자신은 납치돼 강제로 결혼했다고. 훈딩과 결혼식을 올리는 날, 애꾸눈 노인이 나타나 마당의 물푸레나무 밑동에 칼을 꽂아놓고 갔는데 아직 그 누구도 그 칼을 뽑지 못했다고.

두 사람은 이야기를 나누다 보니 어릴 때 헤어진 쌍둥이 남매였다! 그리고 그들의 아버지는 신 중의 신 보탄이었다. 두 사람은 벅찬 느낌을 담아 이중창인 〈겨울 폭풍은 사라지고〉를 부른다. 그리고 〈당신은 봄〉을 부른다.

당신이 봄이군요.
제가 그렇게 기다리던
당신을 처음 본 순간
사랑임을 알 수 있었죠.

이름이 진정 베발트냐고 묻는 지글린데에게 사내가 답한다. "이제 당신이 지어주는 게 내 이름이 될 것이오." 지글린데는 말한다. "지그문트!" 고뇌라 불렸던 남자는 사랑을 통해 승리자가 됐다. 지그문트는 나무에 꽂힌 칼을 뽑아든다.
그리고 두 사람은 함께 도망친다.

산속에서 지그문트와 훈딩은 맞붙는다. 지그문트가 위기에
처하자 브륀힐데가 끼어든다. 브륀힐데는 아홉 발퀴레 중
한 명이다. 신들이 모여 사는 성을 방어하기 위해 전쟁터에
서 죽은 용사들을 데려오는 여신이다.

훈딩이 칼로 지그문트를 찌른 것을 본 지글린데는 의식을
잃는다. 브륀힐데는 지글린데를 자신의 말에 태워 도망친
다. 브륀힐데는 지그문트를 따라 죽겠다는 지글린데에게
살아야 하는 이유를 알려준다. "당신의 배에서는 아이가 자
라고 있어요." 브륀휠데는 지글린데에게 두 동강 난 지그문
트의 칼을 건네주며 거인 파프너가 있는 숲으로 가서 아이
를 키우라고 말한다. 바로 그 아이가 〈니벨룽겐의 반지〉 연
작 중 3부에 등장하는 지그프리트다.

보탄은 자신의 뜻을 거스른 브륀힐데를 찾아내 벌을 준다.
신의 지위를 뺏고 평범한 여인이 되게 한다. 브륀힐데를 지
상으로 보내기 전 보탄은 비탄에 잠겨 노래한다.

네 빛나는 눈동자에는 내 미소가 담겨 있었지.
네 불타는 눈은 나를 눈멀게 했지.

네 소망으로 내 가슴은 뜨거워졌지.
이제 마지막으로 작별의 키스를 보낸다.

보탄은 불의 신을 불러 그 누구도 꺼트리지 못할 불을 지핀다. 브륀힐데는 화염에 둘러싸인 채 깊은 잠에 빠진다. 브륀힐데는 다른 사람을 불쌍히 여기고 도우려는 연민을 지녔다. 측은지심이 마음을 아름답게 물들였는데 바로 그 연민때문에 추락한다. 그저 순수한 연민 때문에.

신들의 계율에 묶여 자식들조차 구할 수 없는 아버지를 향한 연민. 한 여인과 사랑에 빠지자마자 목숨을 위협받게 된 사내를 향한 연민. 연민 때문에 모든 것을 잃었지만 브륀힐데는 그 선택을 후회하지 않는다. 보탄은 노래한다. 네 소망 덕분에 내 가슴은 뜨거워졌노라고.

내 마음의 온도는 몇 도일까. 얼어붙은 마음의 온도를 끌어올려 내 안에 박힌 얼음을 녹여야 한다. 타인의 고통까지 녹일 수 있게 조금 더 뜨거워야 한다. 마음에 불꽃이 피어나면 타인의 마음에도 불씨 하나를 옮겨줄 수 있기에.

겨울을 녹이는 따뜻함으로 다가오는 사람에게 이런 고백을 전하고 싶다. 당신은 봄이군요. 누군가에게서 이런 고백을 듣고 싶다. 당신은 봄이군요.

〈라크메〉
사랑을 위해 죽을 수 있나요

사랑은 쓰디쓰지만 사랑할 수밖에 없는 사람은 사랑을 위해 목숨까지 내어놓기를 두려워하지 않는다. 사랑 따위에 목숨을 걸어? 비웃을지도, 비현실적이라고 할지도 모르겠다. 일종의 판타지다. 현실에 없는 이야기라서 목숨 거는 사랑 이야기에 열광하는 게 아닐까.

영화 〈마담 프루스트의 비밀정원〉에서는 조카와 함께 거리를 걷는 이모들이 나온다. 그 장면에서 음악이 흐른다. 오페라 〈라크메〉 중 〈꽃의 이중창〉이다.

영국 장교와 인도 처녀의 사랑 이야기를 담은 〈라크메〉의 원작은 파리에서 출간된 피에르 로티의 소설 『로티의 결혼』이다. 클레망 필리베르 레오 들리브는 이 이야기에 매료돼 영국의 식민지 인도를 배경으로 한 비극적 사랑 이야기를 오페라로 만들었다. 그의 마지막 작품이었다.

아름다운 인도 아가씨 라크메와 하녀 말리카는 배를 타고 연꽃을 따러 간다. 두 여인은 〈꽃의 이중창〉을 부른다. 어떤 사람은 이 노래를 '꽃 듀엣'이라고 줄여 부르기도 한다.

부드럽게 배를 띄우고
아름다운 물결 따라
미끄러지듯 우리 함께 가보자.
가자. 아직도 나른한 봄에 취해
새들이 노래하는 강가를
부드러운 손길로 헤쳐 가보자.

영국 장교 제럴드는 지인들과 몰래 힌두사원에 들어갔다가 라크메를 보게 된다. 그렇게 우연히 만난 영국 남자 제럴드와 인도 여자 라크메. 그들은 서로 보자마자 끌린다. "당신은 누구세요?"라고 라크메가 묻자 제럴드는 대답한다. "아름다운 그대에게 이끌려 여기까지 왔습니다. 그대와 만나게 하려고 청춘의 신이 나를 여기까지 보냈나 봅니다."

라크메의 아버지 닐라칸타가 침입자를 찾아내려고 달려온다. 닐라칸타는 침입자를 반드시 잡아 성역을 침범한 죗값을 치르도록 하겠노라고 외친다. 제럴드를 보고 설렌 라크메의 심장은 이제 불안으로 쿵쿵거린다.

닐라칸타는 라크메에게 장터로 나가 노래를 부르라고 명령한다. 딸의 노랫소리를 미끼로 삼아 침입자를 불러들일 속셈이다. 라크메는 아버지의 지시대로 어쩔 수 없이 거리의 가수로 변장해 노래를 부른다. 제럴드를 매혹해 유인하려고 노래를 부르지만 마음은 두렵다. 사랑하는 이를 사지로 몰아넣어야 하는 여자의 갈등이 드라마틱하게 흐른다. 이게 〈라크메〉의 유명한 아리아 〈종의 노래〉다.

인도의 처녀
파리아의 딸은 어디로 가야 하나.

어두운 숲속에
숨어 있는 나그네는 누군가.

라크메가 아버지에게 등 떠밀려 부르는 아리아 〈종의 노래〉는 라크메와 제럴드의 사랑 이야기와 비슷하다. 인도 여자와 영국 남자의 사랑에 국경이 장벽이듯 〈종의 노래〉에서 천민 계급의 여인 파리아와 최상층 계급인 브라만 남자의 사랑에는 신분의 차이가 장벽이다.

장벽이 가로막는 사랑의 이야기가 구슬프게 흘러나온다. 라크메의 노래를 들은 제럴드가 마침내 모습을 보인다. 라크메는 제럴드와 눈이 마주친 순간 흠칫 놀란다. 그 순간을 놓치지 않고 본 닐라칸타는 사람들을 불러와 제럴드를 습격한다. 제럴드는 칼에 찔려 쓰러진다. 라크메는 하녀에게 제럴드가 숲속의 은신처로 피신하도록 도우라고 시킨다.

라크메의 극진한 보살핌으로 의식을 되찾은 제럴드는 여기에 숨어 함께 살자는 간청을 차마 뿌리칠 수 없다. 라크메가 성수를 길으러 간 사이에 제럴드를 찾아온 친구 프레더릭은 제럴드에게 인도 아가씨와 사랑이나 나누고 있을 때냐며 지금 당장 부대로 돌아가자고 설득한다.

같이 나눠 마실 성수를 떠서 돌아온 라크메는 제럴드의 변심을 눈치채고 절망한다. 그에게 성수를 건네고 자신은 독초를 씹는다. 뒤늦게 나타난 닐라칸타는 제럴드를 죽이려고 한다. 그러나 이미 성수를 마신 자를 해칠 수는 없다. 그러는 사이 라크메의 몸속에서는 독이 퍼져나간다. 성수에 떨어진 새빨간 핏방울처럼. 라크메는 마지막 말을 남긴 채 숨을 거둔다. "내가 속죄를 위한 희생양이 되겠어요."

오페라 〈라크메〉는 국경의 장벽과 신분의 차이가 두 사람의 사랑을 방해하는 이야기다. 군인의 의무를 저버릴 수 없는 제럴드는 라크메를 떠나야 했다. 라크메는 그렇지 않았다. 그 어떤 난관에도 사랑을 포기하지 않았다.

계절이 옮겨가고 있듯이 내 마음도 어디론가 옮겨지기를, 자신은 절대 옮기지 못하는 마음이지만 신의 손이 계절을 옮겨놓듯이 어딘가 내 마음이 옮겨지기를 바라지만 그럴 수 없는 마음이 사랑이다. 잊으려고 노력한 시간이 성숙을 가져온다. 그래서 그 사람의 상황을 배려해 이별에 대처하게 된다. 아픈 만큼 세상을 더 사랑하게 된 마음이 사랑이다.

신념보다 더 높은 사랑, 현재의 시간을 붙들고 싶은 사랑, 미래를 꿈꾸게 하는 사랑, 운명이 갈라놓는다 해도 언제나 함께하는 사랑.

어떤 인생이든 고난은 온다. 그런데 그 후에 어떻게 했는지가 그 인생을 말해준다. 어떤 사랑이든 시련은 온다. 그런데 그 후에 어떻게 했는지가 그 사랑을 말해준다.

사랑은 가슴에 눈물이 흐르는 슬픈 지도를 남긴다.

○ 3막 | 오페라에게 사랑을 묻다

〈람메르무어의 루치아〉
사랑은 미친 짓이다

그와 함께하지 않는 모든 시간이 통곡 소리를 내고, 그와 함께하지 않는 기쁨은 빛을 잃어버린다. 어느 순간 눈을 떠 보면 나 혼자 힘없이 걸어간다. 사랑하는 사람이 먼저 걸어 가기도 한다. 내가 뒷모습을 보여줘야 할 때도 있고, 그 사람의 뒷모습을 바라봐야 하는 때도 있다.

쓸쓸함을 견뎌야 하므로 사랑의 길은 화사한 꽃길만은 아니다. 그 사람에게 가는 길이 폭설 때문에 막힐 때도 있고, 세상의 거친 파도가 놓일 때도 있다. 사랑은 안타깝고 아득하다. 그런데도 사랑할 수밖에 없는 게 인생의 본질이다.

오페라 〈람메르무어의 루치아〉에는 사랑이 슬픔인 것을 알면서도 사랑하는 사람이 있다. 사랑하고 싶어 사랑하는 게 아니라 사랑할 수밖에 없어 사랑하는 사람이 등장한다.

도니체티 하면 먼저 희극이 떠오른다. 〈사랑의 묘약〉이나 〈돈 파스콸레〉 등이 생각난다. 그러나 〈람메르무어의 루치아〉는 슬픔의 극치를 보여주는 사랑 이야기다. 보통 '루치아'로 통하는 이 오페라는 월터 스콧의 소설 『람메르무어의 신부』를 원작으로 만든 것이다. 마치 『로미오와 줄리엣』을 떠올리게 한다.

도니체티는 매우 빨리 작곡한다는 사실로 유명하다. 〈사랑의 묘약〉은 2주 만에, 〈람메르무어의 루치아〉는 6주 만에 완성했다. 아마 가난에서 벗어나려는 몸부림이 아니었을까 싶다. 그는 50년도 채 되지 않는 짧은 생애 동안 일흔 편이 넘는 오페라를 작곡했는데 최고라 할 수 있는 광란의 아리아를 남기고 정신병원에서 생을 마감했다.

이 오페라에서 가장 유명한 아리아는 정신 이상이 생긴 루치아가 사랑하는 남자의 환영과 17분간 이야기하는 〈광란의 장면〉이다. 오케스트라의 연주가 끝나고 난 후 플루트와 대화하듯이 노래하는 곡인데 소프라노 아리아 중에서 가장 어려운 곡으로 꼽힌다.

람메르무어 집안과 레벤스우드 집안은 서로 원수지간이다. 그런데 람메르무어 집안의 딸 루치아와 레벤스우드 집안의 아들 에드가르도가 사랑에 빠진다. 루치아의 오빠 엔리코는 쇠락해가는 가문의 부활을 위해 여동생을 부유한 세력가 아르투로와 결혼시킬 계획이다. 그런 줄도 모르고 루치아는 새벽녘 정원에서 에드가르도를 기다리며 노래한다.

그분은 내 삶의 빛이며 내 고통의 위안이에요.
그분만 곁에 있으면 천국이
내 앞에 활짝 열리는 것만 같아요.

뒤이어 나타난 에드가르도는 루치아의 손에 반지를 끼우며
하늘이 지켜보는 가운데 영원한 사랑을 맹세한다. "하늘이
맺어준 이 약속은 지상의 어느 것도 깨트릴 수 없어요."

잠시 프랑스로 떠나게 된 에드가르도를 향해 루치아는 작
별의 인사를 건넨다. 손에서 사랑의 징표와도 같은 반지가
반짝거린다.

한편 여동생 루치아가 가문의 원수와 연애한다는 사실을
알게 된 엔리코는 에드가르도의 편지를 중간에서 가로챈다.
그리고 에드가르도가 변심한 것처럼 말을 꾸민다. 루치아에
게 다른 남자와 결혼하라고 설득하며 쓸데없는 연애 따위
는 끝내라고 한다. 그러나 루치아는 다른 이와 결혼하느니
차라리 죽겠다고 맞선다.

라이몬도 목사가 들어와 루치아를 설득한다. 엔리코의 뜻
을 따르지 않으면 집안에 더 큰 불행과 재난이 올 것이라고

말한다. 만약에 어머니가 살아계셨으면 오빠가 하라는 결혼을 원하셨을 것이라고 덧붙인다. 라이몬도의 마지막 말에 루치아는 마음이 흔들린다. 결국 가문을 위해 희생하기로 결심한다.

루치아와 아르투로의 성대한 결혼식이 열린다. 기쁨이라고는 찾아볼 수 없는 얼굴로 유령처럼 들어서는 루치아는 체념 어린 탄식을 내뱉으며 결혼 서약서에 서명한다. "나는 죽음의 서약서에 서명했어요."

에드가르도가 결혼식장 안으로 들어선다. 결혼 서약서를 확인한 에드가르도는 루치아에게 묻는다. "당신이 직접 서명한 거예요?" 금방이라도 숨이 끊어질 듯한 얼굴로 루치아는 답한다. "그래요." 그 한마디가 에드가르도의 가슴 정중앙을 관통한다. 명중이다. 사랑의 맹약은 깨졌다. 에드가르도는 루치아의 손에서 반지를 빼내 땅바닥에 던진다. "당신은 하늘과 사랑을 모두 배신했어요."

폭풍우가 몰아치는 밤, 신랑과 신부가 신방으로 들어간다. 하객들은 결혼 축하연을 즐긴다. 얼마쯤 지났을까. 라이몬도가 뛰어와 끔찍한 일이 벌어졌다고 외친다. 신부가 신랑을 칼로 찔렀다는 것이다! 루치아는 피에 젖은 나이트가운 차림으로 비틀거리며 나타난다. 마치 에드가르도와 결혼식을 올린 것처럼 기뻐하며 노래한다.

에드가르도! 나는 당신에게 돌아갈 수 있어요.
당신의 적으로부터 도망쳐 왔거든요.
차가운 게 내 가슴속을 기어 다닙니다.
온몸이 떨립니다. 발이 비틀거립니다.
연못가에 잠시 저와 함께 앉아 있어 주세요.
아, 저 두려운 유령이 나타나
우리 둘을 갈라놓습니다.
아, 아, 에드가르도, 에드가르도.

에드가르도는 엔리코가 오기를 기다린다. 아버지의 무덤 앞
에서 결투를 벌여 가문의 원수에게 복수하려는 것이다. 하
지만 지금 그의 마음속을 가득 채운 건 복수심이 아니다. 오
직 루치아를 향한 애끓는 사랑이다.

내 조상의 무덤이여,
불행한 혈통 중 마지막 남은 자를 받아주세요.
타올랐던 분노의 불길은 이제 꺼졌어요.
나는 원수에게 이 몸을 맡기고 싶어요.
내게 목숨은 무거운 짐입니다.
내게 루치아가 없는 세상은 사막입니다.
사람들이 지나가면서 미쳐버린 신부에 대해 이야기한다. 에

드가르도는 불길한 예감에 휩싸인다. 그 순간 나타난 라이몬도가 비보를 전한다. "루치아가 방금 숨을 거두었다네." 그 어떤 희망도 사라져버린 에드가르도는 단도로 자신의 가슴을 찌른다.

눈앞에 펼쳐진 참담한 현실을 도저히 받아들일 수 없을 때면 종종 눈을 감는다. 그런데 어떤 이들은 아무리 눈을 꽉 감아도 괴로움에서 벗어나지를 못한다. 모른 척 눈감았다는 사실 때문에 오히려 더 큰 죄의식을 느낀다. 그래서 차라리 자신의 두 눈을 찔러버린다. 눈감은 자는 죄가 있어도, 눈먼 자는 죄가 없으니까. 루치아도 눈감는 대신 아예 볼 수 없게 되는 쪽을 선택한 여인이다. 사랑에 빠진 루치아는 노래한다.

나는 걱정을 잊었다.
눈물은 기쁨으로 바뀌었다.
그분만 곁에 있으면 천국이
내 앞에 활짝 열리는 것만 같다.

루치아는 광기에 젖었을 때도 비슷한 도취 상태에 놓인다. 고통도, 걱정도 잊고 말로 표현할 수 없는 기쁨을 느낀다.

사랑과 광기는 동전의 앞뒷면 같은 것일까. 사랑이 빠져나간 자리를 광기로 채운 루치아는 끝내 숨을 거두고 만다. 그 소식을 전해 들은 에드가르도도 뒤따라 자결한다.

『결혼은 미친 짓이다』라는 우리나라 소설 제목이 있는데 셰익스피어는 사랑이야말로 그저 미친 짓이라고 말했다. "Love is merely madness!"

사랑하면 한쪽 눈을 감아버린다. 광기는 눈을 질끈 감아버린다. 사랑과 광기는 보이지 않는다는 공통점을 지녔다. 미치지 않고 사랑할 수 있을까. 눈을 똑바로 뜨고 사랑할 수 있을까. 사랑은 맹목, 사랑은 미친 짓이다.

〈맥베스〉
내 묘비에는 미문 한 줄도 없으리

사람은 불안을 갖고 산다. 나폴레옹 보나파르트는 고양이에 대한 병적인 공포가 있었다. 워털루 전투 전날 밤, 검은 고양이가 자신의 곁을 지나간 것을 보고 겁에 질렸다.

앙리 4세는 고양이를 보기만 해도 졸도했다. 아르투르 쇼펜하우어는 면도칼만 보면 무서워서 몸을 떨었다. 로베르트 알렉산더 슈만과 프레데리크 프랑수아 쇼팽은 어둠을 두려워했고, 기 드 모파상은 문에 대한 공포가 있었다.

오페라 〈맥베스〉에는 지독한 불안에 시달리는 인간이 등장한다. 그 불안은 어디서 오는 것이고, 불안은 어떻게 그 인생을 망가트리는지 드라마틱하게 전개된다. 베르디는 셰익스피어의 작품들을 언제나 베개 밑에 두고 잠이 들 정도로 좋아했다. 그는 셰익스피어의 모든 작품을 다 오페라로 만들고 싶어 했는데 30대에 〈맥베스〉를 만들었다.

전쟁터에서 돌아오던 두 장군 맥베스와 반코는 숲속을 지나가다가 마녀들의 예언을 듣게 된다. "맥베스는 코더의 영주가 된 후에 스코틀랜드의 왕이 될 것이다. 반코는 왕들의 아버지가 될 것이다." 마녀들이 사라지자 맥베스가 코더의 영주로 봉해졌다는 소식이 전해진다. 두 장군은 마녀들의 예언이 들어맞자 놀란다.

맥베스의 부인은 남편의 편지를 받고 크게 기뻐한다. 그리고 스코틀랜드 왕이 될 것이라는 마녀들의 예언이 실현되기를 바란다. 이때 시종이 들어와 일러준다. "오늘 밤에 둔카노 왕이 성에서 머무를 것이라고 합니다." 맥베스 부인은 밤을 틈타 왕을 처치할 생각을 한다.

맥베스가 돌아오자 부인은 밤에 왕을 죽이자고 속삭인다. 맥베스는 불안에 떨지만 부인은 지옥의 사자들이 도와줄 것이라며 격려한다. 그때 행진곡과 함께 둔카노 왕이 수행원들과 함께 성에 도착한다. 밤이 찾아온다. 맥베스의 눈앞에 피가 묻은 단검의 환영이 어른거린다.

부인은 남편이 거사를 마치고 돌아오기를 초조하게 기다린다. 잠시 후 맥베스는 피 묻은 단검을 쥐고 돌아온다. 그는 겁에 질려 부들부들 떤다. 부인은 맥베스 대신 호위병들의 소행인 것처럼 뒤집어씌울 속셈으로 칼을 가지고 가서 호위병에게 피를 묻히고 온다. 맥베스는 손에 묻은 피를 보며 말한다. "바다의 물을 다 부어도 이 손을 씻어내지 못할 거야." 부인은 남편의 손에 묻은 피를 닦으며 제발 약해지지 말라고 말한다.

아침이 밝아온다. 둔카노 왕의 주검이 발견되자 사람들은 충격에 휩싸인다. 모여든 사람들이 입을 모아 외친다. "신이여. 이 암살자의 이마에 낙인을 찍어주소서!" 맥베스와 부인은 부들부들 불안에 떨며 그중에 섞여 있다.

맥베스는 마녀들의 예언대로 스코틀랜드 왕이 된다. 그런데 마음에 걸리는 게 있다. 반코가 왕들의 아버지가 된다는 예언 때문이다. 반코가 왕들의 아버지가 된다는 건 반코의 아들이 왕이 된다는 뜻이 아닌가! 맥베스는 부인과 이야기를 나눈 끝에 반코의 일가를 다 살해하기로 한다. 맥베스의 명령을 받은 자객들이 반코 부자를 기습한다. 반코는 끝까지 자신의 아들을 지켜낸 다음 숨을 거둔다.

맥베스의 왕위 등극을 축하하는 연회가 열린다. 그런데 자객이 돌아와 반코는 죽었지만 아들은 놓쳤다는 말을 전한다. 맥베스는 불안에 떤다. 그 순간 피투성이가 된 반코의 환영이 맥베스 앞에 어른거린다. 부인이 축배의 노래를 계속 부르지만 맥베스의 광란은 심해진다. 결국 사람들은 맥베스가 전왕을 죽인 범인이라는 사실을 알게 된다.

공포와 불안에 사로잡힌 맥베스는 마녀들을 찾아간다. 그리고 앞날을 알려달라고 명령한다. 막두프를 조심하라는 예언이 떨어지자 맥베스 부인은 그자도 죽여 없애자고 부추긴다. 다시 한 번 살의를 불태워보지만 자신도 두려움에 물어뜯기는 중이다. 밤마다 잠이 든 상태에서 성 안을 돌아다니는 맥베스 부인은 탄식한다. "그 어떤 향수로도 내 손에서 풍기는 피 냄새를 가릴 수 없다."

한편 둔카노 왕의 아들 말콜름이 반란군을 이끌고 쳐들어온다. 맥베스 때문에 처자식을 잃고 홀로 살아남은 막두프까지 힘을 보탠다. 하지만 맥베스는 마녀들의 예언을 믿었기에 자신의 승리를 확신한다. 그러면서도 야욕의 씁쓸한 끝 맛을 뼈저리게 느낀다.

사람들은 조락에 접어드는 내게
꽃 한 송이도 뿌리지 않으리.
내 묘비에는 단 한 줄의 미문도 남지 않으리.

부인이 죽었다는 소식이 날아든다. 맥베스는 무장하고 전장으로 향하지만 처참하게 쓰러진다. 새로운 왕 말콜름을 찬양하는 소리가 들려온다.

반코의 유령은 오직 맥베스의 눈에만 보인다. 전왕의 피 냄새는 맥베스 부인 혼자만 맡는다. 다른 이들은 보지 못하고 맡지 못하지만 두 사람은 너무나 생생히 느낀다. 맥베스와 맥베스 부인은 불안에 잠식당한 인물들이다. 머리에 씌운 금관은 찬란하게 빛나는데 영혼은 점점 더 좀먹는다.

누구나 불안을 안고 살아간다. 아무에게도 이해받지 못하는 불안, 나 자신만이 그 이유를 아는 불안, 때로는 나 자신조차 그 이유를 알지 못하는 불안이 있다. 성공에 대한 불안은 이미 성공을 쥐고 있어도 쥔 게 아니다. 자꾸 목마르고 자꾸 더 가지고 싶고 가진 것을 지키고 싶어 불안하다.

욕망을 향한 불안은 바닷물로 씻어도 씻어내지 못한다. 그래서 오스트리아 정신의학자 알프레드 아들러는 단언했다. "당신이 느끼는 불안은 당신 스스로 선택한 것이다."

밤마다 맥베스 부인은 몽유병을 앓는다. 불안해서 잠들지 못한다. 왕좌에서 밀려날까 봐. 성 밖으로 내쫓길까 봐.

우리 역시 어딘가를 헤매는 건 아닌지. 바닷물을 다 부어도 씻지 못할 불안이, 그 어떤 진귀한 향수로도 가릴 수 없는 불안이 우리 마음 한 구석에서 곰팡이처럼 번지는 건 아닌지. 불안은 욕망의 부속품이다. 욕심의 부록이다. 집착의 뒷면이다.

〈메리 위도우〉
스텝이 엉키면 사랑이에요

남자는 다 그래. 여자는 더 그래. 남자들은 여자를 이해할 수 없다고 한다. 여자들은 남자를 알 수 없다고 한다. 서로 다른 별에서 온 남자와 여자가 어우러져 살다 보니 사랑은 참 어렵고 결혼은 더 힘들다.

누군가 말했다. "남자는 여자를 이해하려 들지 말고 사랑만 해라. 여자는 남자를 사랑하려 들지 말고 이해만 해라." 명언이다 싶다.

이해할 수 없는 여자와 사랑할 수 없는 남자. 그런 남자와 여자가 시끌시끌하게 다투는 듯한 유쾌한 오페레타가 있다. 오페라 버전의 『오만과 편견』이라고나 할까.

오페레타 〈메리 위도우〉는 헝가리 작곡가 프란츠 레하르에게 큰 성공을 안겨준 작품이다. 초연은 빈에서 했고 런던에서는 778회, 뉴욕에서는 416회 연속 공연이라는 기록을 세웠다. 영어권 국가에서 대성공한 덕분에 영어식 제목 그대로 '메리 위도우'라고 불린다. 메리 위도우는 즐거운 미망인 이라는 뜻이다.

파리 공사관에서 폰테베드로 국왕의 탄생일을 축하하는 연회가 열린다. 그곳에 한나가 들어선다. 남편의 유산으로 백만장자가 된 한나에게 사람들의 시선이 쏠린다.

뜨거운 눈빛을 보내는 신사들 앞에서 한나는 노래한다. "나는 아직 파리의 분위기에 익숙하지 않아서 그런 칭찬의 말은 잘 몰라요." 그들의 속셈이 무엇인지를 알고 있기에 은근히 비꼬기까지 한다. "가련한 과부라도 돈만 많으면 그렇게 인기가 좋다지요?"

제타 남작은 만일 한나가 프랑스 남자와 재혼하면 폰테베드로 공국에서 막대한 자금이 유출될 것을 걱정한다. 그래서 공사관의 서기관인 다닐로와 한나를 맺어주려고 한다. 한나와 다닐로는 한때 연인 사이였다. 한나가 백만장자와 결혼하자 낙담한 다닐로는 카바레에 틀어박혀 술과 춤으로 세월을 보내왔다.

제타에게서 자신의 임무를 전해 들은 다닐로는 돈 때문에 자신을 떠난 여인을 돈 때문에 유혹해야 한다는 게 자존심이 상한다. 제타는 다닐로에게 한나와 결혼하는 건 조국을 위한 일이라고 설득한다. 왈츠가 울려 퍼지고 많은 남자가 한나에게 춤을 청한다. 한나는 다닐로를 택한다. 그러나 그는 자신의 권리를 1만 프랑에 양도하겠다고 소리친다.

토라진 한나는 춤추지 않겠다고 버틴다. 한편 프랑스인 카미유는 제타의 부인 발랑시엔을 남몰래 유혹해왔다. 작은 정자에서 밀회하는데 그 모습을 제타에게 들키고 만다.

격분한 제타가 길길이 날뛰는 동안 한나가 재빨리 발랑시엔을 도망치게 한 후 자신이 카미유와 함께 있었던 것처럼 나란히 밖으로 나온다. 그것을 본 다닐로는 화를 내며 가버린다. 다닐로의 마음을 확인한 한나는 내심 기뻐한다.

한나는 다닐로의 기분을 풀어주려고 집에서 파티를 연다. 마침내 두 사람은 서로의 사랑을 깨닫고 함께 춤을 추며 노래한다.

입술은 침묵을 지키지만 바이올린은
속삭입니다.
나를 사랑해주세요!
스텝을 옮길 때마다 발자국 소리가
애원하는군요.
나를 사랑해주세요!

영화 〈여인의 향기〉에서 탱고를 출 줄 모른다고 여인이 말하자 남자가 대답한다. "스텝이 꼬여야 탱고지."

사랑은 너와 내가 추는 춤이다. 때로는 서로의 발을 밟거나 우스꽝스럽게 넘어질 수도 있지만 어설플지언정 같이 움직이면서 마음의 박자를 맞춰나가는 것이다. 스텝이 꼬여야 탱고이듯이 스텝이 엉켜야 사랑이다.

한나와 다닐로는 춤추면서 진심을 알아내려고 애쓴다. 발은 점점 더 흥겹게 움직이는데 입은 자꾸만 엇박자를 탄다. 즐거운 음악이 흐르는 와중에 마음과는 다른 말들이 괴상한 노이즈처럼 불쑥불쑥 튀어나온다. 가버리라고 저 멀리 가버리라고 외치는 입술에 속아서 콩콩 뛰어대는 영혼의 발소리를 놓치기도 한다.

한나와 다닐로가 노래하듯 손과 손이 맞닿는 순간에 당신을 사랑한다는 말이 전달된다면, 함께 스텝을 밟는 순간에 나를 사랑해달라는 말이 전해진다면 사랑이라는 춤을 추는 게 조금 쉬울까.

〈몽유병 여인〉
더 달콤한 꽃은 없어요

시간을 이기는 사랑은 없다고 했던가. 처음에는 설레는 사랑이었다. 그런데 시간이 갈수록 설렘은 바래지고 권태만 남는다. 당신을 보면 가슴이 떨린다고 하더니 시간이 흐른 후 당신을 보면 치가 떨린다고 한다. 당신 없으면 못 산다고 하더니 당신 때문에 못 산다고 한다.

그 사랑에도 처음은 있었다. 서로 바라보기만 해도 설레는 시간이 있었다. 만남을 준비하며 이 옷을 입을까, 저 옷을 입을까 꾸미던 시간이 있었다. 만나면 영화를 볼까, 어디를 갈까 떨리던 시간이 있었다. 그런 감정들을 세월은 어디로 데려갔을까? 내 두 눈으로 그 사람만 바라보겠다고 다짐했지만 언젠가는 다른 곳으로 시선이 가게 된다. 그래서 사랑을 지켜나가는 일은 온 우주를 손에 드는 일만큼 힘들다고 하는 것일까?

언제나 처음 만난 사람처럼 사랑하는 여인이 등장하는 즐거운 오페라가 있다. 벨리니의 〈몽유병 여인〉이다.

오페라 무대는 대부분 절절하고 절박하고 처절하다. 우리 인생이 그런 것처럼. 그래서 그럴까. 가끔 편안한 오페라 무대가 그립다. 판타지와 고군분투 그리고 배신과 욕망이 들끓는 드라마 속에서 아주 편안한 일상의 드라마를 보고 싶은 것처럼. 강하고 매혹적인 음식들 속에서 조미료가 하나도 안 들어간 자연 그대로의 음식이 그리운 것처럼.

〈몽유병 여인〉은 조미료가 하나도 안 들어간 음식 같은 오페라다. 스토리도 편안하다. 그리고 드물게 해피엔딩이다. 스위스 산골에서 일어나는 순박한 사랑 이야기인 이 오페라는 몽유병에 걸린 여인이 결혼을 앞두고 겪은 소동을 담고 있다.

이 오페라에는 장대한 장면도, 역사적 배경도 없다. 화려한 궁전이나 신전, 영웅이나 장군도 나오지 않는다. 시골 마을에서 일어나는 소박한 전원극일 뿐이다. 벨리니는 이 작품으로 불후의 명성을 얻었다.

물레방앗간의 아가씨 아미나가 젊은 지주 엘비노와 결혼을 서약하는 날, 마을 사람들은 두 사람의 결혼을 축하하는 노래를 부른다.

스위스에서 아미나 말고는 장미꽃이 없어요.

더 아름답고 더 달콤한 꽃은 없어요.

여관 여주인 리사 혼자만 슬픈 얼굴로 서 있다. 리사는 남몰래 엘비노를 짝사랑했다. 공증인과 함께 등장한 엘비노는 어머니의 결혼반지를 아미나의 손에 끼운다.

우리 사랑을 담은 이 반지를 받아주세요.
이 사랑의 선물은 항상 당신 곁에서
우리 사랑의 증인이 될 거예요.

마차 한 대가 다가와 멈춰서고 노신사 로돌포가 내린다. 그는 마을의 풍경을 우수에 젖은 눈으로 바라본다. 아미나의 아름다움을 찬양하면서 자신이 어린 시절에 사랑했던 어떤 여인을 떠올리게 한다고 털어놓는다.

해가 저물자 마을 사람들은 집으로 돌아간다. 로돌포는 어두워지면 하얀 옷을 입은 유령이 나타난다는 말에 흥미를 느낀다. 리사의 여관에 묵기로 하고 따라간다.

단둘이 남게 된 순간 엘비노는 질투로 뒤틀린 심사를 드러내며 노래한다. "나는 당신의 머리카락을 쓰다듬는 산들바람에도 질투를 느껴요." 그러자 아미나는 엘비노의 마음을 달래준다. "나는 산들바람에게도 당신의 이름을 속삭여요." 두 사람은 포옹을 나누고 헤어진다.

로돌포의 신분을 알게 된 리사는 로돌프의 방으로 찾아와 넌지시 추파를 던진다. 밖에서 인기척이 들려오자 리사는 서둘러 몸을 피하다가 손수건을 떨어트리고 만다. 리사는 얼른 숨는다. 그런데 그곳으로 하얀 나이트가운을 입고 머리를 늘어트린 채 초점 없는 눈으로 걸어 들어오는 사람이 있다. 그 여자는 바로 아미나! 마을 사람들이 말하던 유령의 정체는 바로 몽유병을 앓는 아미나였다. 이 사실을 알게 된 리사는 엘비노에게 알린다.

로돌포가 영주라는 사실을 알게 된 마을 사람들이 인사하려고 찾아온다. 엘비노는 로돌포의 방에서 잠든 아미나를 발견한다. 사람들이 웅성거리는 소리에 잠이 깬 아미나는 당혹해하며 억울함을 호소한다. "생각나지 않아요."

그러나 엘비노는 이런 여자와는 결혼할 수 없다면서 아미나의 손에서 반지를 빼내 가져간다. 엘비노는 배신감에 괴로워하다가 홧김에 리사에게 프러포즈를 한다. 로돌포는 엘비노의 성급함을 나무라면서 어떻게든 오해를 풀어보려고 애쓴다. 몽유병을 모르는 엘비노는 믿지 않는다.

잠옷 차림으로 램프를 손에 든 아미나는 물레방아에 걸쳐진 외나무다리 위로 올라선다. 잠자는 중이다. 텅 빈 눈으로 한 걸음, 한 걸음 위태롭게 나아가다가 램프를 떨어트린다. 그러나 무사히 다리를 건넌다. 엘비노가 끼워줬다가 다시 가져간 반지를 찾으며 노래한다.

아, 믿을 수가 없어요.
내 사랑은 가버렸나요?
내 눈물이 당신을 다시 되돌릴 수 있다면.

엘비노는 아미나의 진심을 확인하게 된다. 잠에서 깬 아미나는 양팔을 활짝 벌린 채 자신을 기다리는 엘비노를 본다. 그는 다시 손에 반지를 끼운다. 아미나는 기쁨에 겨워 노래를 부른다.

어느 누구도 모르리.
흘러넘치는 이 기쁨을.
나를 꼭 안아줘요.
영원히 함께 꿈을 꾸며
사랑의 천국을 만들어요.

몽유병이란 뭘까. 말 그대로 잠이 든 채로 꿈꾸면서 돌아다니는 병이다. 꿈꾸면서 걸어 다니기도 한다. 이런저런 동작들을 하다가 다시 잠이 든다. 그런데 깨어나면 기억하지 못한다고 한다. 잠이 든 상태에서 배회하는 시간에 눈은 뜨고 있지만 보지 못한다. 걷고 있지만 어디로 가는지 모른다. 잠에서 깨어났을 때는 아무것도 기억하지 못한다.

아미나 역을 맡은 마리아 칼라스가 몽유병 장면을 연기할 때 연출가 루키노 비스콘티는 손수건에 좋아하는 향수를 뿌려서 흔들었다고 한다. 깜깜한 무대에서 그 향기를 따라 움직일 수 있도록 말이다.

어딘가에서 풍겨오는 익숙한 체취만을 쫓아 휘청휘청 나아가는 사랑. 볼 수도 없고, 들을 수도 없는 몽유병. 어쩌면 우리 사랑에 필요한 마음의 조건이 아닐까.

아미나는 초점 없는 눈으로 배회하면서도 사랑을 되돌려달라고 기도한다. 그러나 잠에서 깨어난 순간 지난밤 슬픔은 까맣게 잊어버리고 또다시 뜨겁게 사랑한다.

주변의 것들은 보지도, 듣지도 않고 오직 사랑 하나에 홀려 걸어본다면 어떨까. 이전에 사랑했던 기억은 아무것도 남지 않은 채 다시 첫사랑을 시작하는 것처럼 설레는 느낌과 사랑에서만큼은 몽유병이 필요한지도 모르겠다.

사랑을 지킨다는 건 첫 마음을 떠올리고 첫 마음을 간직하

는 일, 매일 아침 세수를 하는 것처럼 매일 아침 사랑도 맑
게 닦아보는 일, 매일 새롭게 그 사람을 간절한 마음으로
사랑하는 일이다.

〈서부의 아가씨〉
황금보다 사랑이 귀하다

착해지고 싶다. 왜 착해져야 하냐면 행복해지기 위해서다. 물론 인생의 가치를 성공에다 두면 착해지지 않아도 된다. 그러나 인생의 기준을 행복에다 두면 착해져야 한다.

'착하다'는 게 '바보 같다'는 뜻으로 잘못 쓰인다. '착하다'가 어째서 '바보 같다'가 됐을까. "그 사람은 바보같이 착하기만 해."라는 말이 왜 이상하게 들리지 않을까.

착함과 약함이 이음동의어가 됐다. 착하다는 게 칭찬이 아니라 조소가 됐다. 착하다는 건 순수하다는 뜻이다. 순수하면 아주 작은 것도 크게 느낀다. 순수하면 삶 앞에서 용감해진다. 감동하고 감사하니 행복해진다. 용기가 있으니 고난도 맥을 못 춘다. 그러니 마음이 착해진다는 건 인생이 순탄해진다는 뜻이다. 내 앞에 놓인 울퉁불퉁한 자갈길이 잘 뻗은 고속도로가 된다는 뜻이다. 인생과 나는 일방통행의 관계가 아니라 쌍방 통행이니까. 내가 착해지면 인생도 순해진다. 인생이 잘 풀리기 위해서라도 착해져야 한다.

아침마다 에세이를 쓰는 이유도 착해지기 위해서다. 현대 사회는 자신을 스스로 돌아보는 시간을 갖지 않으면 날로 강퍅해질 수밖에 없는 구조다. 하루만큼 독해진 마음을 하루만큼 순해지기 위한 시간이랄까.

그래서 오페라 〈서부의 아가씨〉가 좋다. 착한 사람들이 등장하기 때문이다. 서부극은 영화에만 있는 게 아니다. 오페라에도 있다. 부츠를 신고 장총을 들고 나온다. 보안관도, 무법자도 나오고 선술집도 있다. 이 서부극 오페라는 미국이 아닌 이탈리아에서 만들어졌다. 그래서 '마카로니 웨스턴'이라고 불린다.

오페라 〈나비 부인〉 이후 푸치니는 다음 작품을 무엇으로 할까 고심했다. 그러던 중 〈나비 부인〉의 원작자 벨라스코의 연극 〈황금 서부의 아가씨〉를 관람한 후 다음 작품을 결정했다. 서부의 술집 여주인과 도적단 두목의 사랑은 매혹적인 소재였다.

오페라 〈서부의 아가씨〉의 초연은 뉴욕 메트로폴리탄 오페라 극장에서 했으며 토스카니니가 지휘했다. 공연이 끝나고 관객들의 엄청난 환호에 푸치니는 무려 쉰다섯 번이나 무대에 나가서 인사했다. 그러나 미국에서와는 달리 유럽에서는 큰 인기를 끌지 못했다. 서부 영화에나 어울릴 법한 저급

한 소재라는 비웃음을 샀다.

광산촌의 선술집 폴카. 보완관 랜스는 혼자 카드놀이를 한다. 한 무리의 광부들이 들어온다. 광부들은 모여서 술을 마시거나 트럼프 게임을 하며 시간을 보낸다. 그들은 모두 술집 주인 미니를 좋아한다. 랜스는 광부들 앞에서 미니는 내여자가 될 것이라고 한다. 광부 소노라는 격분해서 대들고 싸움이 벌어진다.

미니가 들어선다. 미니는 소란을 벌이는 남자들에게 호통을 치고 그들을 위해 성경 공부를 가르친다. 남자들은 미니 앞에서 얌전하게 성경 공부를 한다.

결국 랜스는 미니에게 사랑을 고백한다. 하지만 미니는 어린 시절 이야기를 꺼내며 슬쩍 말을 돌린다.

나도 우리 부모님처럼 진정으로 사랑하는
사람을 찾고 싶어요.
사랑이란 무엇인가요?
바로 이 사람이라는 느낌이 오는 거예요.

그 순간 문이 열리고 낯선 남자가 들어선다. 이방인의 등장에 기분 나쁜 랜스는 그에 대해 이것저것 캐묻는다. 미니는 이방인을 잘 안다면서 신원을 보증하겠다며 끼어든다. 그런데 알고 보니 그 남자는 도적단의 두목 존슨이었다.

술집에는 존슨과 미니만이 남는다. 미니는 수줍은 여인의 모습으로 노래한다.

저는 다만 작은 소녀일 뿐이에요.
당신이 내 마음을 뜨겁게 해주세요.

존슨도 이미 춤출 때부터 미니의 마음을 알고 있었노라고 응수한다. "내 가슴과 맞닿은 당신의 심장이 말했다오." 존슨의 부하들이 술집을 습격하려고 한다. 미니는 통을 가리키며 저곳에 광부들이 땀 흘려 모은 황금이 들어 있다고 말한다. "나는 그들의 소중한 재산을 끝까지 지킬 거예요."

존슨은 미니의 결연한 태도에 마음을 바꾼다. 밤에 미니의 집에서 다시 만나기로 약속하고 떠난다. 미니는 존슨을 기다리며 설레는 마음으로 치장한다. 마침내 존슨이 도착한다. 두 사람은 식탁에 마주 앉아 정담을 주고받는다.

밤이 깊어간다. 창밖에서는 눈보라가 몰아친다. 그때 사람들이 몰려오는 소리가 들려온다. 미니는 존슨을 숨긴다. 문이 열리더니 랜스와 한 무리의 남자들이 들어선다. 존슨이 도적단의 두목이라는 게 밝혀졌다며 존슨의 정부가 다 증언했다고 덧붙인다. 그에게 여자가 있었다니! 미니는 배신감을 간신히 억누르고 사람들을 돌려보낸다. 숨어 있던 존슨이 모습을 보이자 분노를 터트린다. "당신이 도적이라도 용서할 수 있지만 다른 여자가 있다는 건 참을 수 없어요."

존슨은 미니 앞에서 자신의 진심을 털어놓는다. 아버지의 뒤를 이어 도적단의 두목이 됐지만 당신을 본 순간부터 둘이서 멀리 도망가 사는 꿈을 꾸었다고. 작별 인사를 건넨 존슨은 위험하리라는 것을 알면서도 밖으로 나간다.

이윽고 총성이 울려 퍼진다. 미니는 쓰러진 존슨을 데려와 다락방에 숨겨준다. 뒤이어 나타난 랜스가 그 악당이 여기에 있다는 것을 안다면서 순순히 내놓으라고 위협한다. 미니는 완강히 부인하며 맞선다. 그렇게 실랑이를 벌이고 있을 때 천장 틈새로 피가 떨어진다.

랜스는 미니를 밀치고 다락방으로 향한다. 마침내 존슨을 찾아낸다. 궁지에 몰린 미니는 랜스에게 카드게임을 제안한다. 만약 랜스가 이기면 아내가 되겠다고 한다. 대신 랜스가 지면 존슨은 자신의 것이라고 덧붙인다.

카드게임이 시작되고 각각 1승을 한다. 마지막 판에서 불리한 처지에 놓인 미니는 일부러 기절한 척한다. 랜스가 물을 가지러 간 사이에 패를 바꿔치기해서 이긴다. 랜스는 화가 나지만 약속한 대로 자리를 뜬다. 미니는 기쁨에 겨워 존슨을 끌어안는다.

산으로 도망쳤던 존슨이 끝내 붙들려온다. 모두 그를 죽이라고 소리치는 가운데 존슨이 유언을 남기듯 마지막 노래를 부른다.

내가 사랑하는 미니에게는
내가 자유의 몸이 돼
멀리 달아났다고 말해주오.
비록 내가 돌아오지 않더라도.

존슨의 목에 밧줄이 걸리는 순간 미니가 권총을 겨눈 채 달려온다. 미니는 광부 한 명, 한 명에게 다가가 존슨을 살려달라고 간절히 부탁한다. 누군가 외친다. "존슨을 풀어주자!" 광부들을 모아놓고 성경을 읽은 미니. 광부들이 모아놓은 황금을 지킨 미니. 결국 광부들의 마음이 누그러진다. 미니와 존슨은 광부들의 배웅을 받으며 길을 떠난다.

광산촌의 술집 폴카는 조금 이상한 곳이다. 광부들이 모여 술을 마시거나 카드게임을 한다. 어떤 광부는 망향가를 들다가 울음을 터트린다. 그러면 광부들은 향수병에 걸린 동료를 위로한다. 그리고 돈을 모아서 고향으로 갈 여비까지 챙겨준다. 게다가 여주인 미니가 등장하자 다함께 둘러앉아서 성경을 펼친다. 술집에서 성경 공부라니!

광산촌의 술집이란 황금을 찾아 모여든 떠돌이들의 집합소일 뿐인데 폴카에는 동료에 대한 애정과 신에 대한 믿음이 배어 있다. 그곳은 그저 그런 술집이 아니라 광부들의 안식처나 마찬가지다. 그런 공간을 홀로 꾸려온 여인이 미니였기에 마지막 순간 광부들은 미니의 간절한 부탁에 마음을 바꾼다. 악명 높은 도적단의 두목을 풀어준다는 건 결코 쉽지 않은 일이다. 힘겹게 모아온 황금을 훔치려고 했고 또 훔쳐갈 수 있는 인물이 아닌가. 그런데도 미니의 사랑을 꺾어버릴 수 없었던 것이다.

오페라 〈서부의 아가씨〉에는 열일곱 광부가 등장한다. 황금을 찾으러 모여든 그들의 가슴에는 소중한 게 들었다. 착하고 따뜻한 마음이다. 은혜를 잊어버리지 않는 마음이다. 타인을 가엾이 여기는 연민의 마음이다. 그 마음은 황금보다 귀하다. 황금은 목숨을 구하지 못하지만 사랑은 목숨을 구한다. 황금보다 당신이 귀하고, 황금보다 사랑이 귀하다.

착한 사람이 추구하는 건 힘이 아니라 행복이다. 나를 버릴 줄도, 낮출 줄도 아는 용기를 지닌 사람. 남의 상황을 배려하고 부드러움을 추구하는 사람. 그 착한 사람은 알고 보면 가장 성공적으로 살아가는 사람이다. 흔들리지 않을 테니까. 그래서 행복할 테니까.

하루하루 자꾸자꾸 착해지기를. 착해져서 다른 이의 삶을 부드럽게 하고, 착해져서 당신의 삶도 부드럽게 흘러가기를 바란다.

〈세비야의 이발사〉
내 사랑을 위해서라면

시선이 자꾸 얽히면 인연의 시작이고, 마음이 자꾸 얽히면 숙명의 시작이라고 했던가. 시선이 가고 눈빛이 가는 감성에서 사랑은 시작된다. 그러나 마음이 없으면 그 사랑은 꽃피울 수 없다. 감수성에서 싹이 나고 진실성에서 꽃이 피는 게 사랑이다. 진실이 없는 사랑은 피기도 전에 시들어버린다.

사랑은 매혹이 아니다. 사랑은 존중이고 배려이고 보살핌이다. 사랑은 유리처럼 깨지면 다시 주워 담기 어렵다. 그러니 조심히 마음을 다해 존중하라고 말하는 오페라가 있다.

오페라 〈세비야의 이발사〉는 세계적으로 가장 유명한 희극 오페라가 아닐까. 프랑스 극작가 보마르셰는 17세기 스페인 세비야를 배경으로 희극 3부작을 썼다. 1부가 〈세비야의 이발사〉, 2부가 〈피가로의 결혼〉, 3부가 〈죄의 어머니〉다. 그중에 모차르트가 〈피가로의 결혼〉을, 로시니가 〈세비야의 이발사〉를 오페라로 만들었다. 〈세비야의 이발사〉 그 후의 이야기가 〈피가로의 결혼〉인 셈이다.

로시니는 열네 살 때 첫 오페라를 작곡할 정도로 재능이 뛰어났다. 13일 만에 〈세비야의 이발사〉를 작곡했다는 소문이 들리자 사람들이 도니체티에게 사실이냐고 물었다. 도니체티는 대답했다. "로시니 선생은 게으른 사람이니 그 정도는 걸려야 했을 것입니다."

세비야 거리의 모퉁이 광장에 동이 튼다. 어둠 속에서 망토로 온몸을 휘감은 알마비바 백작이 발코니 저편 창 밑으로 가서 악사들에게 손짓으로 사인을 보낸다. 그들의 반주에 맞춰서 새벽의 세레나데를 부른다. 아름다운 노래를 불렀지만 발코니에서는 기척이 없다. 이때 멀리서 콧노래를 부르며 다가오는 사람이 있다. 이 거리의 명물 이발사 피가로다. 그는 〈나는 이 마을의 팔방미인〉을 신나게 부른다.

나는 이발사예요.
그런데 또 마을에 무슨 일이 생기면
사람들이 피가로, 피가로 부르면서
나를 찾아요.
나는 없어서는 안 될 약방의 감초 같은
존재이자 해결사예요.

알마비바는 로지나를 보고 첫눈에 반해 마드리드에서 세비야까지 쫓아왔다. 그런데 옆에는 나이 든 후견인 바르톨로

박사가 있다. 알마비바는 로지나를 만날 기회조차 얻지 못하고 속만 끓이다가 피가로를 만난 것이다. 알마비바는 피가로에게 도와달라고 부탁한다.

문이 열리고 로지나와 바르톨로가 발코니로 나온다. 알마비바와 피가로는 얼른 몸을 숨긴다. 바르톨로는 로지나에게 손에 든 종이가 무엇이냐고 묻는다. 로지나는 〈부질없는 걱정〉이라는 노래의 가사를 적은 쪽지라고 속이고는 슬며시 발코니 아래로 떨어트린다. 바르톨로가 그 종이를 주우려고 내려오는데 알마비바가 날쌔게 종이를 집어 들고 다시 숨는다. 종이가 어디에도 없자 바르톨로는 고개를 갸우뚱거리며 다시 발코니로 올라가 로지나를 억지로 끌고 안으로 들어간다. 알마비바는 피가로에게 쪽지를 주며 읽으라고 한다.

나를 위해 불러주시네요.
세레나데, 정말 고마워요.
누구신지, 무슨 일을 하시는 분이신지
알고 싶군요.
저는 바르톨로의 엄한 감시 때문에
발코니에도 마음대로 나오지 못한답니다.
부디 감옥과 다름없는 이곳에서
저를 구해주세요.

알마비바는 피가로와 함께 악한 바르톨로를 혼내주기로 마음먹는다. 로지나는 희망과 불안이 섞인 얼굴로 그 유명한 〈방금 들린 그대의 음성〉을 부른다.

나는 온순하고 남에게는 친절해요.
정이 깊고 참을성도 있어요.
남의 가르침도 얌전히 잘 들어요.
그러나 내 사랑을 위해서라면 독사라도
될 수 있어요.

로지나는 바르톨로에게 끌려 다니지 않고 스스로 남자를 택해야겠다고 결심한다. 알마비바는 피가로의 도움으로 술취한 군인, 음악 선생으로 변장하며 로지나에게 접근하다. 그런데 바르톨로도 만만치 않아서 두 번 다 들통나고 만다.

끈질긴 알마비바와 피가로는 또 한 번 기회를 가진다. 천둥소리가 요란한 밤에 사다리를 이용해 몰래 로지나를 탈출시키려고 한다. 그런데 역시 바르톨로가 로지나와 결혼하려고 불러들인 공증인 바실리오에게 발각된다. 그러나 바실리오가 피가로의 계략에 넘어가 알마비바와 로지나의 결혼 공증인이 되고 뒤늦게 달려온 바르톨로는 애만 태운다.

알마비바는 바르톨로에게 말한다. "로지나의 지참금은 모

두 당신에게 주겠소. 로지나만 내게 주시오.” 바르톨로는
처음부터 로지나의 재산을 더 탐냈다. 그는 못 이기는 척 두
사람의 결혼을 승낙한다. 피가로는 바르톨로에게 놀린다.
“당신은 부질없는 조심을 했군요.” 여기서 나온 말인 ‘부질
없는 조심’이 원래 이 작품의 제목이었다.

피가로는 노래한다. “이제 다 해결됐고 내 임무도 끝났다!”
모든 사람이 노래한다. “행복한 순간이여, 영원하라!” 오페
라는 해피엔딩을 맞는다.

로지나는 순진한 처녀였다. 그러나 어느 날 마음에 찾아온
사랑을 확인하고는 결심한다. 사랑을 위해서라면 강해지겠
다고. 사랑을 위해서라면 독사라도 되겠다고. 여자가 한을
품으면 오뉴월에 서리가 내린다고 했던가. 여자가 사랑을
품으면 마음이 단단해진다. 강해진다.

여자가 사랑에 있어 가장 중요하게 생각하는 건 존중이다.
바르톨로는 로지나를 존중하기보다 소유하려고 했다. 그것
도 로지나 자체가 아닌 로지나가 가진 재산을. 그러니 헛된
사랑 감옥 속에서 탈옥해야 하는 건 당연한 일!

사랑에 있어 가장 중요한 법칙은 무엇일까? 인생을 오래 살
아온 분들은 말씀하신다. “서로를 존중하라. 그게 사랑의

제1법칙!" 존중이라는 건 나 아닌 남을 존경하는 마음이다. 존경을 위해서는 조건이 하나 필요하다. 바로 이해다. 그 사람이 나와 다르다고 해서 이해하지 못하고 용납하지 못한다면 더는 그 어떤 관계로도 발전할 수 없다. 나와 다른 그의 개성을 이해하고 나와 다른 그의 가치관을 용납하는 게 존중의 조건이다.

존중이 없는 건 사랑이라고 할 수 없다. 존중은 곧 사랑의 다른 이름이다.

〈지그프리트〉
사랑이 두려움을 가르쳤네

사랑은 풀숲에 가려진 작은 꽃처럼 잘 보이지 않는다. 그러나 어느 순간 모습을 드러낸다. 교통사고처럼 불시에 들이닥치기도 하고, 폭설처럼 덮치기도 하고, 폭우처럼 퍼붓기도 한다.

사랑이 찾아든 후에 두려움을 알게 된다. 그 사랑을 지키려고, 그 사랑을 간직하려고, 그 사랑을 잃고 싶지 않기 때문에 두려워진다.

오페라 〈지그프리트〉는 "사랑은 두려움을 알게 되는 일생일대 사건"이라고 말한다.

구스타프 말러는 말했다. "독일 음악에는 오직 베토벤과 바그너만 존재한다." 니체도 바그너의 음악에 극찬을 아끼지 않았다. 히틀러와 나치주의자들은 바그너를 전유물처럼 여기기도 했다. 바그너는 그렇게 나치주의자들에게 영웅이며 우상이다. 나치즘이 득세할 때 애창된 대부분의 음악은 바그녀의 음악이었고, 전쟁을 선포할 때 배경 음악으로 쓰이기도 했다. 독일에는 아직도 바그너에 열광하는 수많은 바그네리안이 있다.

오페라 〈지그프리트〉의 타이틀 롤인 지그프리트는 게르만 전설 속 영웅 중에서 가장 빛나는 영웅이다. 바그너는 〈니벨룽겐의 반지〉를 무려 15년에 걸쳐서 작곡했다. 〈지그프리트〉는 〈니벨룽겐의 반지〉 4부작인 〈라인강의 황금〉, 〈발퀴레〉, 〈지그프리트〉, 〈신들의 황혼〉 중에서 세 번째 작품이다. 〈지그프리트〉는 4부작 중에서 가장 긴 시간이 걸렸다. 거기에는 이유가 있었다.

스위스에서 체류 중이던 바그너는 후원자의 젊은 아내와 사랑에 빠졌다. 바그너는 〈지그프리트〉의 작업을 잠정 중단하고 당시 자신의 상황과 딱 맞아떨어지는 〈트리스탄과 이졸데〉를 먼저 썼다. 두려움도, 여자도 알지 못하는 젊은 영웅인 지그프리트 대신 이뤄질 수 없는 사랑 때문에 비극적 결말을 맞게 되는 선남선녀에게 몰두했던 것이다.

난쟁이 미메가 대장간에서 칼을 만든다. 새로운 칼을 만들어놓으면 번번이 두 동강을 내버리는 장난꾸러기 때문에 매일같이 결실 없는 고생을 하고 있다며 한탄한다. 그 장난꾸러기가 바로 지그프리트다.

곰을 타고 등장한 지그프리트는 미메에게 묻는다. "당신이
내 아버지라면 어머니는 누구야? 짐승도 어미와 새끼는 닮
았는데 우린 닮은 데가 없어?" 그러자 미메가 옛 이야기를
시작한다. "한 여인이 숲속으로 들어와 아이를 낳고 죽었는
데 내가 그 아이를 데려와 키웠다. 그 아이가 바로 너다."

그 후 미메 혼자 대장간에 남았다. 이름 모를 방랑자가 들
어와서 수수께끼를 하자고 제안한다. 틀리는 순간 목을 내
놓아야 하는 무시무시한 수수께끼다. 각각 세 문제를 주고
받은 후에 방랑자가 자신의 모습을 드러낸다. 그는 신들의
우두머리 보탄이다. 지그프리트의 할아버지이기도 한 보탄
은 미메에게 경고한다.

두려움을 모르는 자가 언젠가
네놈의 목을 가져갈 것이다!

미메는 지그프리트에게 묻는다. "크고 어두운 숲에서 두려
움을 느껴본 적 있어?" 지그프리트는 답한다. "두려움이 어
떤 것인지 몰라." 미메는 파프너의 동굴로 데려가 두려움을
가르쳐주려고 한다. 파프너는 커다란 용으로 변해 반지를
지키고 있다. 지그프리트가 파프너를 처치하면 재빨리 반지
를 차지하려는 게 미메의 속셈이다. 부러진 칼을 이어붙인
지그프리트는 망설이지 않고 숲으로 달려간다.

파프너의 동굴 앞에 도착한 지그프리트는 새들을 향해 풀피리를 분다. 그 소리에 잠에서 깬 파프너가 거대한 몸을 꿈틀대면서 밖으로 나온다. 지그프리트와 파프너의 싸움이 시작되고 지그프리트의 칼이 파프너의 심장을 찌른다.

새들의 언어가 들리기 시작한다. 숨어서 지켜보던 미메와 반지의 원래 주인인 알베리히가 나타난다. 그들은 서로 반지를 차지하겠다며 다툰다.

지그프리트는 반지와 마법 투구를 챙겨들고 동굴 밖으로 나온다. 새들이 미메를 경계하라고 노래한다. 기다렸다는 듯이 지그프리트에게 달려온 미메는 많이 지쳤을 테니 자신이 만든 스튜를 좀 마시라고 권한다. 다정한 얼굴로 내미는 스튜에는 극약이 섞였다. 이미 새들에게서 미메의 계략을 전해 들은 지그프리트는 미메를 향해 칼을 내리친다.

오랫동안 함께 살아온 미메를 죽인 지그프리트는 만감이 교차한다. 새들이 다시 노래한다. 아내가 될 여인이 높은 바위산에 잠들어 있으니 어서 깨우라고. 그 말에 기운을 차린 지그프리트는 서둘러 바위산으로 향한다.

지그프리트는 산 밑에서 방랑자 행색을 한 보탄과 마주친다. 할아버지인 줄은 꿈에도 모르고 무례하게 군다. 화가

난 보탄은 두려움이 무엇인지 가르쳐주겠다며 창으로 앞을 막는다. 지그프리트는 보탄의 창을 단번에 부러트린다. 기세를 몰아 바위산 꼭대기의 불길을 가볍게 뚫고 누워 있는 여인에게 다가간다. 그는 지그프리트의 부모를 구하려다 불의 장벽에 갇힌 발퀴레 여신 브륀힐데다. 단 한 번도 여인을 본 적이 없는 지그프리트는 브륀힐데 앞에서 난생 처음 두려움을 느낀다.

잠에서 깨어난 브륀힐데는 지그프리트가 자신을 구한 것을 알고 기뻐한다. 지그프리트와 브륀힐데는 마치 처음부터 예정된 것처럼 끌어안는다. 비로소 두려움을 알게 된 지그프리트는 심장이 터질 듯하다.

두려움이란 지켜낼 게 있을 때 생기는 감정이다. 간직하고 싶은 게 있을 때 느끼는 감정이다.

미메는 지그프리트에게 크고 어두운 숲에서 두려움을 느껴 본 적 있냐고 묻는다. 지그프리트는 두려움이 어떤 것인지 모른다고 답한다. 무시무시한 용도, 신들의 우두머리가 겨누는 창끝도, 집어삼킬 듯이 타오르는 불길도 지그프리트를 막지 못한다. 가진 게 없기에 잃을 것도 없다. 잃을 게 없기에 두려울 것도 없다. 그러나 한 여인을 만난 순간 처음으로 두려움을 느끼게 된다. 사랑이 그에게 두려움을 가르쳐준 것이다. 지키고 싶은 사람이 있으면 두려움이 생긴다.

사랑이 없다면 두려움도 없다. 지킬 게 없다면 두려움도 없다. 사랑 때문에 두려움을 극복하기도 하지만 사랑 때문에 두려움이 생겨나기도 한다.

사랑하는 마음에 놓이는 불안의 나무. 사랑하는 마음에서 커가는 두려움의 나무. 그 나무들이 숲을 형성한다. 그리고 이름 모를 감정의 동물들이 숲에서 뛰어논다. 그 숲을 아름다운 공간으로 만드는 방법은 오직 하나다. 어떤 악천후에도 그 사람을 지키고 싶다는 마음 하나 붙들면 된다.

〈후궁 탈출〉
온갖 고문이 기다린다 해도

"우리 마음속에는 언제나 두 마리의 늑대가 싸우고 있단다. 한 마리는 차갑고 비정하고, 또한 마리는 따뜻하고 평화롭단다." 인디언 추장이 말하자 손자가 묻는다. "둘 중에 누가 이겨요?" 추장이 대답한다. "먹이를 주는 녀석이 이기지."

차갑고 비정하고 어두운 면과 따뜻하고 평화롭고 환한 면이 공존하는 우리 마음. 우린 어떤 늑내에게 먹이를 줄까.

이 두 마음이 깃든 두 사람을 통해 인생에서 정말 소중한 건 뭣인지 돌아보게 되는 오페라가 있다. 오페라 〈후궁 탈출〉은 재미있는 드라마 한 편 같다. 납치된 애인을 구하는 남자 이야기다. 우리나라 『춘향전』을 보는 듯도 하다.

모차르트의 오페라는 아주 재미있다. 스토리는 대중적 재미를 가졌는데 음악은 수준 높다. 여주인공의 이름을 당시 모차르트가 사귀던 콘스탄체라고 붙인 것을 보면 모차르트는 자신이 이런 영웅적 남자이기를 바란 건 아닐까. 모차르트는 〈후궁 탈출〉 공연이 성공한 후 연인 콘스탄체와 결혼식을 올렸다.

이 오페라는 해적에게 납치돼 터키로 팔려간 약혼자를 구하려고 후궁에 잠입한 주인공의 모험과 사랑을 다룬 작품이다. 모차르트가 살던 시대에는 유럽에서 터키풍이 유행이었다. 모차르트는 〈후궁 탈출〉 말고도 피아노 소나타 〈터키 행진곡〉을 남겼다.

벨몬테는 납치된 약혼녀 콘스탄체를 구하려고 터키에 도착한다. 콘스탄체는 후궁에 있다. 터키의 태수인 젤림은 콘스탄체에게, 경비대장 오스민은 벨몬테의 하녀인 블론테에게 구애한다. 젤림은 포로로 끌려온 여인 콘스탄체 앞에서 맹세한다. "그대가 마음을 열 때까지 기다리겠소." 그러나 콘스탄체는 젤림에게 내어줄 마음이 하나도 없다. 남은 것이라고는 슬픔뿐이기에.

콘스탄체가 강경하게 거부해도 젤림은 콘스탄체에 대한 사랑을 포기하지 않는다. 콘스탄체는 단호하게 노래한다.

온갖 고문이 나를 기다린다 해도
괴로움이나 아픔을 비웃어주겠습니다.
어떤 일이 있어도 내 마음은 변치 않습니다.

이곳에서 이렇게 살다가
결국에는 죽음이 나를 자유롭게 해주겠지요.

콘스탄체를 구하러 온 벨몬테는 굳게 닫힌 성문을 보며 낙
담한다. 그런데 시종인 페드릴로와 재회하고 그의 도움을
받아 궁전에 들어간다. 후궁을 무사히 빠져나가려면 오스
민부터 처리해야 한다. 페드릴로는 포도주를 준비해서 오
스민을 찾아간다. 유혹을 떨쳐내려고 애쓰던 오스민은 결국
술에 취해 "바쿠스 만세!"를 외치며 곯아떨어진다.

벨몬테는 드디어 콘스탄체와 다시 만나게 된다. 두 사람은
서로의 이름을 부르며 기쁨을 나눈다. 페드릴로는 재회한
연인을 위해 만돌린을 연주하며 노래를 부른다. 그런데 그
만 경비병들에게 붙잡히고 만다. 술에 취해 잠들었던 오스
민이 잠에서 깨어났고 후궁 안을 샅샅이 뒤지라고 시켰던
것이다. 신이 난 오스민은 승리를 자축하며 노래한다.

너희가 교수대로 끌려가
밧줄에 목이 졸리는 꼴을 보면
나는 좋아서 펄쩍펄쩍 뛰고 껄껄 웃으며
신명나게 노래를 부르겠지.

젤림 앞으로 끌려온 네 사람. 벨몬테는 자신의 신분을 밝히

며 흥정을 시도한다. 그러는 와중에 벨몬테의 아버지가 젤림의 원수였다는 사실이 드러난다. 본래 스페인 사람이었던 젤림은 벨몬테의 부친 때문에 모든 것을 잃고 터키로 망명했던 것이다. 벨몬테는 한탄한다. "나 때문에 당신도 죽게 됐어요." 콘스탄체가 답한다. "둘이 함께 죽는 것도 즐거운 일이에요." 두 사람이 얼마나 사랑하는지 깨닫게 된 젤림은 그들을 보내주겠다고 말한다.

젤림은 그 어떤 유혹과 구애에도 굴하지 않던 콘스탄체의 사랑에 백기를 들고 만 것이다. 온갖 고문에도 지지 않겠다고, 목숨을 잃어도 달라지지 않겠다고 선언한 콘스탄체의 사랑은 칼보다 강했고 신앙보다 절실했다.

젤림은 원수의 아들에게 복수할 기회가 왔지만 앙갚음 대신 용서한다. 흠모해서 결혼하고 싶었던 여인을 순순히 보낸다. 두 사람이 진정으로 사랑한다는 이유만으로.

한편 오스민은 피의 복수를 원한다. "먼저 머리통을 베고 밧줄에 매달았다가 뜨겁게 달군 꼬챙이에 꿰어 불에 지진 다음 꽁꽁 묶어 물에 담갔다가 마지막으로 껍질을 벗겨야지." 처절한 고통으로 갚기를 원한다.

젤림의 관대함과 오스민의 잔인함. 우리 마음에는 이 두 마음이 다 산다. 죄를 지은 자에게 인간적 연민을 느끼는가 하면, 처절하게 복수할 순간을 열망하기도 한다.

관대함과 잔인함 사이에서 머뭇거리는 우리에게, 용서와 복수 사이에서 서성이는 우리에게 〈후궁 탈출〉의 흥겨운 피날레 무대는 보여준다. 한 사람의 용서가 얼마나 많은 사람을 행복하게 해주는지. 우리 안에 존재하는 관대함과 잔인함 중에서 어떤 것을 더 발휘하며 살아야 하는지.

그러나 용서하며 살아가기도, 관대함을 발휘하기도 참 어려운 일이다. 그 어려움을 배워야 하는 우리는 평생 인생 학교의 학생이다.

〈로엔그린〉
멋진 기사를 기다립니다

위험에 빠진 나를 구해줄 백마 탄 기사를 꿈꾼다. 힘든 상황에서 나를 건져줄 구원의 손길을 기다린다.

그런 인생의 판타지가 충족된 오페라가 있다. 그래서 대리 만족하게 되는 오페라가 〈로엔그린〉이다.

기사가 백조를 타고 와서 나를 구해준다는 이야기는 동화적이다. 어린아이들에게만 동화가 필요한 게 아니다. 착하게 살면, 간절히 원하면 누군가 나를 이 수렁에서 건져줄 것이라는 동화적 믿음은 퍽퍽한 현실을 견디는 힘이 된다.

우리가 기다리는 그 멋진 기사님은 결국 이룰 수 없는 사랑이자 이루지 못한 꿈이다. 그래서일까. 애틋하고 애절한 〈로엔그린〉은 결혼식 연주곡으로 유명하다.

〈로엔그린〉에 나오는 〈혼례의 합창〉은 지금도 전 세계의 결혼식장에서 연주된다. 이 곡은 신랑과 신부가 입장할 때,

멘델스존의 〈결혼행진곡〉은 퇴장할 때 연주된다. 〈혼례의 합창〉이 결혼식장에서 연주되게 된 유래가 있다.

19세기 초에 영국의 빅토리아 공주는 결혼식을 올렸다. 빅토리아 공주는 바그너의 열렬한 팬이었다. 공주는 결혼식에서 자신이 입장할 때 〈혼례의 합창〉을 연주하도록 요청했다. 결혼식에 참석한 상류층 여성들은 선망의 대상인 공주를 따라 결혼식 때 그 곡을 연주했다. 일반 사람도 황실 결혼식을 따라 했고 하나의 결혼식 전통이 됐다.

로엔그린은 독일 전설에 나오는 기사다. 그는 숙녀를 구하려고 백조가 이끄는 작은 배를 타고 온다. 누구도 그의 정체를 물어서는 안 된다. 바그너는 이 이야기로 오페라 〈로엔그린〉을 만들었는데 일명 '백조의 기사'라고도 한다.

원하는 일을 이룰 때까지 절대로 뒤를 돌아봐서는 안 된다. 원하는 일을 이룰 때까지 절대 말을 해서는 안 된다. 안 된다, 안 된다…. 이런 금기는 동화나 신화에 자주 등장한다. 그 금기 사항을 깨트리면 비참한 비극으로 끝난다. 이 오페라 역시 이런 금지와 위반을 기본 틀로 삼은 이야기다.

고대 독일 지방에 사는 마녀 오르트루트는 젊은 영주인 고트프리트를 백조로 만들어버렸다. 마녀의 남편 프레데리크 백작은 엘자가 동생을 살해했다고 해서 재판을 벌린다. 그러나 이는 프레데리크가 영토를 빼앗기 위한 술책이었다. 재판은 엘자에게 불리하게 진행되고 하인리히 왕은 엘자에게 프레데리크와 대적할 투사를 구할 것을 명령한다. 유명한 아리아 〈엘자의 꿈〉을 노래한다.

꿈에 눈부시게 빛나는 갑옷을 입은 기사가
제게 다가왔어요.
그는 부드럽게 저를 위로하셨죠.
그 기사는 저를 위해 싸울 거예요.
저는 그 기사를 기다립니다.

그런데 나팔수들이 나팔을 두 번 불었지만 아무도 나서는 사람이 없다. 엘자가 간절히 기도하는데 세 번째 나팔 소리가 울려 퍼진다. 이제 엘자가 직접 프레데리크와 대결해야 한다.

백조 한 마리가 끄는 작은 배가 나타난다. 그 배에는 엘자가 꿈에서 본 늠름한 기사가 있었다. 사람들은 놀란다. 기사는 배에서 걸어 나오며 〈고맙다. 내 백조여〉를 노래한다.

기사는 자신에게 무릎을 꿇은 엘자에게 약속한다. "프레데리크와 싸울 것이오. 내가 이기면 당신을 신부로 맞아들일 것이오." 그리고 한 가지를 경고한다. "절대 내가 어디에서 왔는지, 결코 누구인지 물어서는 안 되오." 엘자는 알겠다며 맹세한다. 기사는 프레데리크와 대결해 승리하지만 프레데리크의 목숨을 살려준다. 모두 기사를 칭송한다. 그의 승리를 기뻐하는 합창이 울려 퍼진다. 프레데리크와 오르트루트는 추방당한다. 그들은 뼈저린 복수를 다짐한다.

엘자의 결혼식 날, 〈혼례의 합창〉에 맞춰 혼례의 행렬이 성당으로 다가간다. 오르트루트가 엘자의 길을 가로막고 신랑의 이름이 무엇이냐고 묻는다. 다른 사람들이 제지하자 이번에는 프레데리크가 나선다. 그는 또다시 신랑의 이름이 뭐냐고 묻는다. 당신에게까지 이름과 신분을 밝히지 않는게 이상하지 않느냐며 그는 마법을 쓰는 마귀라고 말한다. 엘자의 마음에 조금씩 의심의 싹이 트기 시작한다.

〈혼례의 합창〉에 맞춰 결혼식을 치르는 동안 엘자는 행복하다. 그런데 엘자의 마음에 의혹이 꿈틀댄다. 엘자는 결국 맹세를 깨트리고 금단의 질문을 던지고 만다. "당신은 누구신가요?" 이때 프레데리크와 그의 추종자들이 칼을 빼서 습격한다. 기사는 재빨리 엘자가 건네준 칼을 받아들고는 단칼에 그를 죽이고 슬프게 노래한다.

기사는 많은 사람 앞에서 자기 신분을 밝힌다. "먼 나라 산

위에 있는 성 안에 성배가 있고 성배를 지키는 왕 파르지팔의 왕자 로엔그린이오." 성배를 지키는 기사에게는 어려움에 처한 이를 구하고 이 세상의 악을 무찌를 수 있도록 초자연적인 힘이 주어지지만 자신의 신분과 이름을 밝히면 그 능력이 사라져버린다는 것이다. 그래서 자기의 먼 나라로 돌아가야 한다고 말한다. 엘자가 끝까지 믿어주지 못함을 안타까워한다.

기사를 맞이하려고 백조가 온다. 기사는 뿔피리와 칼과 반지를 엘자에게 주고 나서 백조가 이끄는 작은 배를 타고 돌아가려고 한다. 그때 마녀 오르트루트가 나서며 이 백조는 자기가 마법의 힘으로 변신시킨 고트프리트라고 외친다. 로엔그린은 하늘에 기도를 드리고 백조의 목에 감긴 황금 사슬을 푼다. 백조는 고트프리트로 변신한다.

엘자는 동생의 귀환에 기뻐하면서도 기사를 사모하는 나머지 슬픔에 울부짖는다. 엘자를 뒤로하고 로엔그린은 날아온 비둘기의 인도를 받으며 사라진다. 엘자는 계속 로엔그린의 이름을 부르며 숨을 거둔다.

조금만 지나면 모든 것을 알 수 있는데 순간의 의혹을 이기지 못해 그만 사랑하는 사람을 잃어버린다. 사랑의 가장 큰 방해자는 불신이다. 사랑하지만 결국 헤어지는 그들의 이별에는 많은 이유가 있겠지만 대부분 불신이 이유가 된다. 서로의 믿음이 빠져나갔기 때문이다. 그런데 사랑이 점점 무르익은 연인을 보면 그들의 사랑에는 신뢰가 있다는 사실을 알게 된다.

내가 사랑하는 사람을 믿을 수 없을 때 이미 사랑은 구속이고 고통이다. 사랑하는 사람의 믿음을 얻지 못하는 상대방 역시 지옥인 건 마찬가지다. 반대로 내가 사랑하는 사람을 100퍼센트 신뢰할 때 사랑은 자유이며 기쁨이다. 사랑하는 사람의 신뢰를 받는 상대방 역시 천국일 수밖에 없다.

그 사람을 믿지 못하고 불안해하며 간섭하는 마음은 사랑의 생존을 방해한다. 그 사람이 어디에 있는 잘 있을 거라고 신뢰하는 마음만이, 그가 뭣을 하든 잘할 거라고 믿는 마음만이 모든 장벽을 뛰어넘는 무기이자 방패가 된다.

〈오텔로〉
그늘 밭에 뿌리내린 열등감

그날 그 밤이 다가왔습니다.
그는 내게서 피하며 말했습니다.
왜 옆으로 다가오시나요?
당신이 정말 두려워요.
그는 나를 피했고
그리고 그 밤은 지나갔습니다.
그 다음에 그는 내게 다가오며 말했습니다.
왜 옆으로 피하세요?
당신이 없으면 두려워요.

스페인 시인 라몬 데 캄포아모르 이 캄포오소리오의 시 「두 가지 두려움」처럼 사랑에는 너무 다가올까 두렵고, 또 너무 멀리 갈까 두려운 이중적인 두려움이 있다.

사랑에는 그 사람이 내게 실망하면 어떡하나 하는 불안과 이대로 멀어지는 건 아닐까 하는 조바심이 있다. 그 불안과 조바심은 열등감과 질투를 낳고 결국 사랑을 놓치게 한다.

남자의 불안과 질투를 이토록 비극적으로 표현한 작품이
또 있을까. 2000년판 기네스북에는 오페라 〈오텔로〉의 한
부분이 올라가 있다. 1991년 7월 30일, 빈 슈타츠 오퍼에서
오페라 〈오텔로〉가 공연됐다. 그때 테너 플라시도 도밍고
가 출연했는데 1시간 20분 동안 101회나 받은 커튼콜이 기
네스북에 올랐다. 이 공연으로 도밍고는 최장 커튼콜 기록
보유자가 된 것이다.

셰익스피어의 4대 비극 중 하나인 『오텔로』를 원작으로 한
걸작인데 베르디의 오페라 중에 최고 걸작으로 평하는 사
람도 많다. 은퇴를 선언하고 오랫동안 침묵한 베르디는 〈오
텔로〉로 재기에 성공한다. 일흔넷의 대가가 여전히 건재함
을 과시한 것이다.

〈오텔로〉는 밀라노 스칼라 극장에서 처음 공연됐는데 이탈
리아 사람들은 이 오페라로 독일을 다시 제압했다며 환호
했다. 관객들은 베르디가 묵고 있던 호텔까지 찾아가서 밤
늦게까지 그의 이름을 외쳤다. 이탈리아 전역의 여러 오페
라 극장에서 동시에 상연되며 대단한 인기를 끌었다.

베네치아의 식민지 키프로스의 부둣가에 사람들이 모여 있
다. 악천후인데도 그들이 기다리는 건 신임 총독 오텔로가
이끄는 함선이다. 오텔로는 아프리카 북부의 흑인이지만 전

장에서 무훈을 세워 베네치아의 장군이 됐다. 아름다운 여인 데스데모나를 아내로 맞았다. 이래저래 남자라면 한 번 꿈꿔볼 만한 삶을 사는 남자다.

오텔로는 터키 함대를 격파하고 귀환하는 중이다. 그는 노래한다. "기뻐하라! 적들은 모두 물속에 잠겼다." 그 무엇도, 그 누구도 자신의 무릎을 꿇릴 수는 없다는 듯이 위풍당당하다. 그런 오텔로를 지켜보며 남몰래 독을 삭히는 자가 있었으니 바로 그의 부관 이아고다.

나는 사악하다. 왜냐하면 나는 인간이니까.
나는 내 안에서 원초적 추함을 느낀다.

이아고에게 생은 곧 조롱이다. 수없이 많은 조롱을 당한 후에야 죽음이 오지만 죽고 나서는 아무것도 없다. 천국이란 늙은 여자들의 농담 속에나 있는 것이기에 그는 아무것도 두려워하지 않는다. 그가 유일하게 믿는 존재는 잔인한 신뿐이다. 이아고는 악마가 속삭이는 대로 오텔로를 무너뜨리기 위한 계략을 꾸민다. 오텔로가 아내 데스데모나를 의심하게 만드는 것이다. 데스데모나가 부관 카시오와 바람이 났다고 오해하게 만들 생각이다.

오텔로와 데스데모나는 밤하늘을 바라보며 노래한다. 밤이라는 찻잔 속에 부드럽게 섞인 설탕 같은 사랑. 그런데 오텔로에게는 언제나 덜 녹은 설탕처럼 서걱거리는 기억이 있다. 데스데모나는 전장에서 보여준 오텔로의 용맹함을 찬양하지만 오텔로에게는 피비린내 나는 악몽일 뿐이다. 흑인 노예로 팔려가면서 가족과 헤어졌던 순간까지 떠올라 그를 괴롭힌다. 오텔로는 씁쓸하게 내뱉는다.

그대는 내가 겪은 위험으로
나를 사랑했고,
나는 그대가 보여준 연민으로
그대를 사랑했다.

이아고는 작전에 들어간다. 술이 약한 카시오를 취하게 만들어 로더리고와 싸움을 붙였다. 전임 총독이 두 사람을 말리다가 상처를 입는다. 그 일로 대령직에서 해임된 카시오가 실의에 빠져 있을 때 이아고가 솔깃한 제안을 한다. 데스데모나를 찾아가서 선처를 빌어보라는 것이다. 중간에서 말을 잘하면 오텔로도 마음을 바꾸지 않겠냐고 한다. 카시오가 데스데모나를 찾아가 이야기를 나누는 동안 그 모습을 오텔로가 목격하게 하려는 속셈이다.

모든 일이 이아고의 뜻대로 이뤄진다. 마음 약한 데스데모나는 오텔로에게 카시오의 복직을 부탁한다. 오텔로의 마음에 던져진 의심의 불씨가 번지기 시작한다. 카시오를 불러낸 이아고는 새로 사건 애인 비앙카에 대해 이야기하도록 유도한다. 엿듣던 오텔로는 그게 데스데모나와의 연애담인 줄 알고 절망한다. 게다가 카시오의 손에 들린 저 손수건은 자신이 데스데모나에게 준 사랑의 징표가 아닌가!

베네치아의 특사가 도착해 오텔로의 승진을 전한다. 데스데모나가 또 한 번 카시오를 두둔하자 분노가 폭발한 오텔로는 모든 사람이 보는 앞에서 자신의 아내를 짓밟고 모욕한다. 그 모습을 본 특사는 충격에 빠진다.

이 사람이 바로 그 영웅인가!
이 사람이 그토록 고귀하고 용맹스럽던
바로 그 전사란 말인가!

침실로 들어선 오텔로는 데스데모나에게 마지막 입맞춤을 하고는 손수건의 행방을 묻는 데스데모나의 목을 조르기 시작한다. 하녀 에밀리아가 달려와 모든 게 다 자신의 남편 이아고가 꾸민 일이라고 소리치지만 이미 데스데모나의 숨은 끊어졌다. 이아고의 흉계가 밝혀지고 오텔로는 품에서 단도를 꺼내 가슴을 찌른다.

데스데모나는 잠이 든 듯이 침대에 누워 있다. 오텔로는 아내에게 입맞춤하고 싶다고 절규한다. 남은 힘을 그러모아 기어가다가 쓰러지고 만다.

오텔로는 계속 의심한다. 위험 끝에 얻어낸 승리가 없었더라도 나를 사랑했을까? 개선 장군 오텔로가 아니라 흑인 노예 오텔로였어도 나를 사랑했을까? 그런 두려움이 결국 데스데모나를 의심하고 죽게 만들었다. 불안이 그를 짓눌렀다. 열등감이 그를 갉아먹었다.

이따금 오텔로와 비슷한 질문을 할 때가 있다. 그 사람은 왜 나를 사랑하는 걸까? 나라는 존재 그 자체가 아니라 내가 이뤄낸 성과 때문이 아닐까? 내가 가진 물질 때문이 아닐까? 그 뿌리 깊은 불안이 사랑을 파고들어 쓰러트린다. 의심과 열등감이 사랑을 비루하게 만든다.

꽃은 아무 때고 어디에서고 피지 않는다. 적당한 토양과 온도가 필요하다. 사랑도 그렇다. 마음속으로 날아온 씨를 꽃 피우려면 햇빛 잘 드는 곳에서 양분과 물기를 머금어야 한다. 우리 안에 사는 의심과 불안과 열등감이라는 잡초가 마음 밭을 온통 뒤덮어버리기 전에 잘 솎아야 한다.

매일매일 최선을 다해 나를 사랑해야 한다. 나를 사랑해야 그 사람도 사랑할 수 있다.

〈코지 판 투테〉
사랑도 학습이 필요하다

세상의 절반은 남자고, 질반은 여자다. 서로 사랑하면서도 서로 믿지 못한다. 그토록 만나기를 갈망했으면서도 인연이 돼 엮이면 사네, 못 사네 으르렁거린다.

남성들은 왜 그렇게 열심히 싸웠을까? 프로이트식으로 해석하자면 전쟁은 여성에게 잘 보이려는 남성의 심리에서 시작된 것이라고 한다. 여성도 아름다워지고 싶은 본능은 남성이 존재하기 때문이다. 달라도 너무 다른 남자와 여자는 믿지 못하고 확인하려고 한다. 그래서 사랑은 힘들다.

사랑도 공부해야 한다고 말하는 오페라가 있다. 이 오페라의 부제가 '연인들의 학교'다. 〈코지 판 투테〉는 작곡가 모차르트와 대본 작가 로렌초 다 폰테 콤비가 남긴 세 걸작 중 하나다. 〈피가로의 결혼〉, 〈돈 조반니〉와 함께 다 폰테 3부작으로 꼽힌다.

친구 사이인 페란도와 굴리엘모. 자매 사이인 도라벨라와 피오르딜리지. 페란도는 도라벨라와, 굴리엘모는 피오르딜리지와 연인 사이다. 어느 날, 철학자 돈 알폰소가 젊은 사관들과 언쟁을 벌인다.

단정한 여자라니
그런 여인이 있다고 말들 하지만
헛소리 마오. 어느 곳에 있단 말이오?
이 사람도 아니고, 저 사람도 아니오.
전대에 존재하지 않았으며 미래에도 없을 일.

정숙한 여자는 아라비아의 불사조 같은 것이라는 알폰소의 말에 페란도와 굴리엘모는 자신들의 애인이야말로 그 불사조라고 응수한다. 알폰소는 두 여인이 정숙하다는 사소한 증거라도 대라고 한다. 두 젊은이는 변치 않는 마음, 약속, 확언, 맹세 등을 읊어대지만 알폰소는 배를 잡고 비웃는다. 마침내 돈을 걸고 내기를 하자는 데까지 의견이 모아진다.

피오르딜리지와 도라벨라는 각자의 약혼자를 기다린다. 이때 알폰소가 다가와 두 사관이 출정을 명령받았다는 사실을 알려준다. 출정식이 거행되는 가운데 젊은 연인들은 눈물의 작별을 한다. 알폰소는 자매의 하녀 데스피나를 끌어들여 본격적인 작전에 돌입한다. 알바니아인으로 변장하고 접근하는 페란도와 굴리엘모. 계획한 대로 상대방의 약혼자에게 사랑을 고백한다. 두 여자는 냉담하기만 하다.

피오르딜리지는 아리아 〈바위가 움직이지 않는 것처럼〉을 노래한다.

바위처럼 우리 마음은 움직이지 않아요.
사나운 비바람이 몰아쳐도
이 마음은 언제나 변함없이
깊이 믿고 지극히 사랑하고 있습니다.
우리에게 이런 기쁨이 되고
위로가 되는 관솔불이 있기에
마음이 움직이고 변하는 일은
다만 죽을 때만 있을 수 있을 거예요.

내기에서 이겼다고 기뻐하는 페란도와 굴리엘모. 하지만 알폰소는 아직 승리를 장담하기는 이르다면서 좀 더 지켜보라고 한다. 그들은 재빨리 두 번째 시험에 들어간다. 자매가 각자의 애인을 생각하며 그리움의 노래를 부르고 있을 때 변장한 페란도와 굴리엘모가 찾아와 사랑을 받아주지 않으면 죽음을 택하겠노라고 외친다. 그들이 독약을 들이켠 순간 나타난 알폰소는 사랑에 빠진 가련한 이들을 부드럽게 대해달라고 부탁하고는 의사를 데리러 간다. 정신을 차린 두 알바니아인은 자매에게 키스를 청한다. 하녀 데스피나까지 부추기지만, 두 여자는 단호히 거절한다.

자매끼리만 남게 되자 서로 솔직한 심정을 털어놓는다. 도라벨라는 언니의 약혼자인 굴리엘모에게, 피오르딜리지는 동생의 약혼자인 페란도에게 관심을 드러낸다. 이때 알폰소가 찾아와 두 자매를 정원으로 데려가고 네 사람이 한데 어울릴 수 있도록 해준다. 단둘이 남게 된 도라벨라와 굴리엘모는 달콤한 이중창을 부르며 끌어안는다. 굴리엘모는 애인에게 배신당한 친구 페란도를 불쌍히 여긴다. 피오르딜리지는 여전히 페란도에게 곁을 내주지 않는다. 흔들리는 마음을 다잡으려고 남몰래 애쓰던 그는 전쟁터에 있는 굴리엘모를 찾아가기로 결심한다. 유혹에 정면으로 맞설 자신이 없어서 멀리 도망치려는 것이다.

한자리에 모인 페란도와 굴리엘모는 일이 어찌 됐는지를 이야기한다. 페란도는 피오르딜리지의 정숙함을 칭찬하면서 내기에 이겼다고 기뻐한다. 하지만 도라벨라가 유혹에 넘어갔다는 사실을 전해 듣고는 자신 또한 어떻게 해서든 피오르딜리지의 무릎을 꿇리겠다는 일념에 불타오른다. 진심으로 사랑에 빠진 사람처럼 열렬히 구애하자 마침내 피오르딜리지도 감춰왔던 마음을 열어 보인다.

결국 내기에서 진 두 청년은 이 모든 일의 원흉인 알폰소를 비난한다. 알폰소는 〈여자란 모두 이런 것〉을 노래한다. 이제 그들의 연극은 끝을 향해 치닫는다. 짝이 뒤바뀐 채 결혼식을 치르려는 것이다. 공증인의 주례 아래 결혼 서약서에 서명까지 한다. 그 순간 알폰소가 약혼자들이 돌아오고 있다고 소리친다. 피오르딜리지와 도라벨라는 하얗게 질려서 두 외국인을 숨긴다. 피오르딜리지와 도라벨라는 아무것도 모르는 척 나타난 페란도와 굴리엘모 앞에서 어쩔 줄 모르며 당황한다.

공증인으로 변장한 하녀 데스피나가 자신의 정체를 밝힌다. 페란도와 굴리엘모도 모든 사실을 실토한다. 더욱 성숙한 사랑을 하라는 알폰소의 충고와 함께 원래 짝을 찾아 포옹하며 막이 내린다.

사는 동안 사랑이라는 말과 수도 없이 마주친다. 통화량이 증가하면서 화폐 가치가 떨어지는 인플레이션이 사랑에도 있을 수 있다. 이제는 사랑이 인스턴트 취급까지 받는다. 통상 사랑의 유통 기한이 석 달이라는데 그렇다면 라면보다도 짧은 셈이다. 사랑의 가치 하락을 지켜보며 슬그머니 드는 생각이 있다. 영원불멸한 사랑이 어딘가에 있지 않을까.

아마 알폰소라면 헛소리 말라고 비웃었을 것이다. 바위처럼 변치 않을 사랑이란 전설 속 불사조 같은 것이라고. 있다고 말은 하지만 실제로 본 사람은 아무도 없는 것이라고. 그래도 번번이 속고 싶다. 이번 사랑은 그 불사조가 아닐까.

자꾸만 증거를 찾고 싶다. 현재의 사랑을 확인하고 싶다. 미래의 사랑을 다짐받고 싶다. 자신들의 사랑은 영원하다는 것을 증명하고 싶었던 페란도와 굴리엘모처럼. 하지만 사랑은 아주 얇디얇은 종이 같아서 그 위에다 마음의 증거들을 빼곡히 적으려고 하면 한순간에 찢어질 수도 있다. 유통 기한이 지난 사랑을 먹어치우다가 호되게 배앓이를 할지도 모른다.

그러면 또 어떤가. 유통 기한이 지나면 한 번 더 사랑하면 된다. 현실이 아니라면 전설이 되면 된다. 사랑의 가장 큰 적은 시간이라지만 까맣게 타버린 잿더미 속에서도 또 다른 사랑을 피워낼 수 있다.

산다 | 사랑 해설사
이 순간 사랑

초판 1쇄 발행 2019년 10월 28일

지은이   송정림

편집   김유정
디자인   문유진

펴낸이   김유정
펴낸곳   yeondoo
등록   2017년 5월 22일 제300-2017-69호
주소   서울시 종로구 자하문로 115-18 201호
팩스   02-6338-7580
메일   11lily@daum.net

ISBN   979-11-961967-7-6 03810

이 도서의 국립중앙도서관 출판예정도서목록(CIP)은 서지정보유통
지원시스템 홈페이지(http://seoji.nl.go.kr)와 국가자료공동목록시
스템(http://www.nl.go.kr/kolisnet)에서 이용하실 수 있습니다.
(CIP제어번호:CIP2019024229)